進学する人のための日本語初級

［進學日本語初級Ⅱ］

附有《語彙・會話文》語調記號
改訂版

日本学生支援機構
東京日本語教育センター 授權
大　新　書　局　印行

初 め に

　国際学友会日本語学校は、日本の大学等高等教育機関に入学を希望する外国人学生に対して、大学等での教育を受けるのに必要な日本語、及び基礎科目の教育を行っている。1935 年創立以来、本会で受け入れた外国人学生は、1994 年 3 月現在 101 か国・地域、14,300 余名に達している。

　このたび刊行する『進学する人のための日本語初級』は、これまで本校の初級教材として使われてきた『日本語 I』（1977 年刊行、36 課構成）を全面的に改訂したものである。本教材は『進学する人のための日本語初級 I・II』、『練習帳 1・2』『宿題帳／漢字リスト』、『読み文』、CD から成っている。本教材は文型、語彙を精選することにより、構成を 22 課とし、学習者がより短期間に効率良く、基礎的な日本語能力を身につけられるよう配慮して編纂されている。また、各課で取り上げるテーマも外国人学生の日常生活に関連するものを選び、イラストを多数使用することにより、学習者の理解を助け、できるだけ自然な形で、文型、語彙の習得ができるように工夫されている。

　本教材は、教科書作成グループが中心となり、本校の専任教員の意見を取り入れ、1993 年に試用版を作成した。半年の試用後、改訂グループが発足し、専任教員及び非常勤講師の意見、要望を集約して改訂を行い、本書を完成させた。

『進学する人のための日本語初級』を使われる方へ

1　本教材は、日本語を初歩から学習し、日本の高等教育機関（大学、大学院、専門学校等）へ進学する外国人学生を対象に編纂したものであり、日本語教師が直説法によるクラス授業で使用することを前提に作成されている。

2　『本冊Ⅰ・Ⅱ』『練習帳Ⅰ・Ⅱ』に提出された語彙は1544語である。

3　本教材は、本校のカリキュラムに沿って、授業時数約300時間で終了することを予定し、作成したものである。

4　内容と構成

『本冊Ⅰ・Ⅱ』
各課は「語彙」「言い方」「本文」から成っており、必要な箇所には活用、助数詞等の表を載せた。また巻末には学習者の便宜を考え、付録、索引が付されている。本冊は二分冊になっており、Ⅰは1〜12課、Ⅱは13〜22課である。

『練習帳Ⅰ・Ⅱ』
口頭練習により、各課で学んだ文型を定着させるために作成した。なお、初級レベルの必要語彙で、『本冊』において提出できなかったものを、各練習の中でできるだけ提出するように努めた。練習帳は二分冊になっており、『練習帳Ⅰ』は1〜12課、『練習帳Ⅱ』は13〜22課である。

『宿題帳／
漢字リスト』
『宿題帳』は各課で学んだことを定着させるための自宅学習用教材であり、教師が添削することを前提として作成されている。なお、『本冊』『練習帳』で学んだ語彙以外は出さないように配慮した。

『漢字リスト』は常用漢字表、同音訓表から初級段階で学習すべき漢字400字を選定し、提出した。なお、『本冊』本文で提出されている漢字はこのうち328字である。

『読み文』	『本冊』が会話表現となっているため、学習者に文章表現に親しむ機会を与える意図で、『読み文』が用意されている。なお、『読み文』の語彙は『本冊』の索引には含まれていない。
CD	『本冊』の各課本文を学習者にとって最適のスピードと自然さを心掛け録音した。学習者は予習、復習の際、本CDを繰り返し聴くことにより、各課「本文」の内容を標準的な発音、アクセントで身につけることができる。また、「語彙」、「言い方」及び『本冊』付録の発音練習も含まれている。

5　文字の表記は現代国語表記辞典（武部良明編　三省堂　1992年　第2版）を参考にし、それにおおむね準拠したが、副詞の表記は平仮名書きとしたものが多い。

『本冊』「言い方」	漢字仮名交じりで、漢字にはすべて振り仮名をつけた。
「本文」	漢字仮名交じりの文に、非漢字系学習者の便宜を考え、仮名分かち書きの文を併記した。「本文」全課を通して、328字を常用漢字表、同音訓表に準拠して提出した。なお、提出漢字の一覧表は巻末に付してある。
『練習帳』『宿題帳』	1〜7課までは仮名分かち書き、8〜22課は漢字仮名交じりで、漢字にはすべて振り仮名をつけた。
『読み文』	漢字仮名交じりで、漢字にはすべて振り仮名をつけた。

1994年10月

国際学友会日本語学校

『進学する人のための日本語初級 II』（『本冊』）について

1 本書は 10 課から構成されており、各課は「語彙」と「言い方」と「本文」から成っている。

各課の「言い方」には、初めて日本語を学ぶ外国人学生が、できるだけ自然に日本語の基礎的な構造が理解できるように精選された文型を提示し、これらの文型を身につけることによって、将来、中上級の日本語学習がより円滑に行えるようになることを目指している。

各課の「言い方」は導入の順序を考慮して配列した。

「言い方」の導入をする際には、付属の『練習帳 II』の練習形式、内容、語彙などを念頭において行うのが効果的である。

「言い方」の●印は「本文」で取り上げられている文型、○印は取り上げられていないがその課で関連して教えるべき文型である。

「言い方」は漢字仮名交じりで表記し、漢字にはすべて振り仮名をつけた。なお、巻末に「言い方一覧」を載せた。

2 本文には、大学へ進学するために日本語学校で学んでいる数人の外国人学生が登場し、4月の入学から3月の卒業までの1年間にそれぞれが様々な経験をする。

本文は会話体で、学習者が興味を持ちながら学べるような場面を設定し、日常生活に即した流れの中で、学習した文型が無理なく定着するように心掛けた。

本文には付属の CD が用意されている。

本文は漢字仮名交じりのものと、仮名分かち書きのものがある。各課の終わりには「新しい漢字」「新しい読み方」として、その課で学習すべき漢字と読み方が提示してある。「本文」全課を通じて、328字を「常用漢字表」、「同音訓表」から提出した。なお、巻末には「新出漢字一覧」と「漢字索引」、及び本書に提出されているすべての動詞、形容詞、片仮名のことばを課別に表にしたものを載せた。語彙の予習、復習、活用の練習などに幅広く利用されたい。

3 「語彙」には本冊の本文、言い方、練習帳の新出語が各課ごとに五十音順
に提出してある。各語彙にはアクセント、品詞、訳など、学習者に必要な
情報がもりこまれている。従って、まだ辞書を引けない学習者の予習、復
習を大いに助けるものと考える。

4 「語彙」の見方は次の通りである。

(1)(2)	(3)	(4)	(5)	(6)
しあい	［試合］		名詞	game/match
'おいしい			形容詞1	delicious/tasty
*あける（窓を〜）	［開ける］		(他) 動詞2	open

(1) 初出の場所を示している。無印は本文、'は言い方、*は練習帳で初出の
意味である。

(2) 語彙が仮名で提出されており、各語彙にはアクセントがつけられている。
語彙を提出する際は提出場所での使い方、意味のみに限定した。つまり、
次の場合には2度、3度に分けて提出されている。

① 「注意する」「断る」のように意味が二つ以上あるものはその都度取り
上げた。

② 「暇」のように名詞としても形容詞2としても使われる場合も2度に
分けて取り上げた。

③ 名詞の「散歩」と動詞の「散歩する」は別々に取り上げた。

(3) 意味を特定しにくい語彙には、用例がつけられている。

(4) その語彙の標準的な表記法を示した。通常仮名で表記するものは空欄に
なっている。

(5) 品詞を示した。本語彙リストでは各語彙を以下の15種類に分類した。なお、
助詞、助動詞は語彙リストでは取り上げていない。

名詞	連体詞
代名詞	感動詞
動詞1	接続詞
動詞2	接頭語

動詞3	接尾語（助数詞を含む）
形容詞1	連語
形容詞2	その他
副詞	

　　また、動詞については自動詞、他動詞の区別を（自）（他）の形で示した。動詞は「辞書の形」で提出してあるが、「辞書の形」を学習する7課までは、その前に例えば「います→」の形で「ますの形」も載せてある。

5　付録として、学習の便宜を図るために、表や発音練習等を載せた。付属のCDにはこの発音練習も含まれている。

教科書作成グループ

谷口正昭	北條幸興	河路由佳（付録作成）
手島安基	村林佳明	鈴藤和子（　〃　）
徳田裕美子	弓田純道	松本敏雄（　〃　）
藤田昌信		高村郁子（イラスト）

同試用版改訂グループ

近藤晶子	増谷祐美	戸田光子	弓田純道
鈴藤和子	谷口正昭	山田浩三	

1994年10月

国際学友会日本語学校

改訂にあたって

　　2004年4月1日に国際学友会日本語学校は日本学生支援機構東京日本語教育センターとなりました。

2006年10月

日本学生支援機構

東京日本語教育センター

目　次
もく　　　じ

付録
ふろく

教科書に出てくる主な人々
きょう か しょ　　で　　　　　おも　ひとびと

日本語学校
に　ほん　ご　がっ　こう

山田先生
やま だ せんせい

森田先生
もり た せんせい

 アリフさん

 マリアさん

 ラヒムさん

 アンナさん

キムさん

シンさん

リサさん

チンさん

水野さん
みず の

木村さん
き むら

中川さん
なががわ

小林さん
こばやし

田中さん
た なか

1. *あきはばら	[秋葉原]〈地名〉	名詞	秋葉原（地名）
2. *イスラムきょうと	[イスラム教徒]	名詞	回教徒　＝ムスリム
3. 'いちども（～ない）	[一度も]	副詞	一次也（～沒有）
4. *いっぱい（おなかが～だ）		名詞	滿・飽（肚子～）満満の
5. *いろ	[色]	名詞	顔色
6. *エアコン		名詞	空調　冷房 暖房（ヒーター）
7. *エレベーター		名詞	電梯
8. *おとしより	[お年寄り]	名詞	老人　年をとる 上了年紀
9. *おなか		名詞	肚子・腹部
10. *おなじ	[同じ]	その他	同様・相同
11. *オレンジジュース		名詞	柳橙汁
12. がいこくじん	[外国人]	名詞	外國人
13. *かおいろ（～が悪い）	[顔色]	名詞	臉色（～不好）
14. *かた（使い～）	[方]	接尾語	方法（使用～）人
15. *かわく（のどが～）	[渇く]	(自)動詞I	渴（喉嚨～）
16. かんじ	[漢字]	名詞	漢字
17. きっさてん cafe shop	[喫茶店]	名詞	咖啡店
18. *きっぷ	[切符]	名詞	票
19. *けんか [喧嘩]		名詞	爭吵・打架
20. *こくさいでんわ	[国際電話]	名詞	國際電話
21. *こくりつだいがく	[国立大学]	名詞	國立大學
22. *こむ	[込む]	(自)動詞I	擁擠
23. *こわす（おなかを～）	[壊す]	(他)動詞I	壞（～肚子） 搞坏 吃坏
24. *さんかする	[参加する]	(自)動詞3	參加
25. *じゅぎょうりょう	[授業料]	名詞	學費　学費（正式）
26. *しょうらい	[将来]	名詞	未來・將來
27. しんにほんごじてん	[新日本語辞典]	名詞	新日語辭典
28. *スキー ski		名詞	滑雪
29. *すく（おなかが～）		(自)動詞I	空著（肚子～）おなかが空い
30. *すくない	[少ない]	形容詞I	很少的

31.	する（これに〜） do		(自)動詞3	決定（就〜這個）／ 選擇
32.	＊せんしゅ	[選手]	名詞	選手
33.	＊だい（部屋〜）	[代]	接尾語	租金（房屋〜）
34.	＊タノム	〈人名〉	名詞	塔諾母（人名）
35.	＊たべもの	[食べ物]	名詞	食物
36.	＊つかいかた	[使い方]	名詞	使用方法
37.	＊つかれる	[疲れる]	(自)動詞2	疲勞
38.	'つごう	[都合]	名詞	方便，合適
39.	＊つめたい	[冷たい]	形容詞I	冷的，冰涼的
40.	では（〜、これにします）		接続詞	那麼（〜，就決定這個。）
41.	でる（例文が出ている）	[出る]	(自)動詞2	列出（〜例句）
42.	どうして		副詞	為何，為什麼
43.	どくに	[特に]	副詞	尤其，特別
44.	＊とくべつ	[特別]	名詞	特別
45.	＊にほんしゅ	[日本酒]	名詞	日本酒
46.	＊のぼる（山に〜）	[登る]	(自)動詞I	爬，登（〜山）
47.	＊のみもの	[飲み物]	名詞	飲料
48.	＊パソコン personal		名詞	電腦
49.	＊はるやすみ	[春休み]	名詞	春假
50.	＊ハワイ	〈地名〉	名詞	夏威夷（地名）
51.	＊ひよう	[費用]	名詞	費用，開支
52.	＊ぶたにく	[豚肉]	名詞	豬肉
53.	＊ふべん	[不便] な	形容詞2	不方便
54.	ふりがな	[振り仮名]	名詞	漢字旁的假名注音
55.	ふる（振り仮名を〜）	[振る]	(他)動詞I	加注（〜假名注音）
56.	＊ぶんかのひ	[文化の日]	名詞	文化節
57.	'へやだい	[部屋代]	名詞	房租
58.	ほしい	[欲しい]	形容詞I	想要的
59.	＊まにあう	[間に合う]	(自)動詞I	趕上，來得及
60.	＊ようじ	[用事]	名詞	事情，工作
61.	＊ラケット Rocet		名詞	球拍
62.	れいぶん	[例文]	名詞	例句

13課
語彙

— 15 —

言い方
（い　かた）

1、Nが欲しいです。
2、Nを Vₜたいです　⇒想望依集
3、Vₜたことがあります ⇒表経験

1・わたしは日本語の辞書が欲しいです。
　　　　　（にほんご）　（じしょ）　（ほ）

2・わたしは辞書を買いたいです。
　　　　　（じしょ）　（か）

　○わたしはビールが飲みたいです。
　　　　　　　　　（の）

3・あなたはアメリカへ行った ことがありますか。
　　　　　　　　　　（い）

　　はい、一度行った ことがあります。
　　　　（いちど）（い）

　　はい、何度も行った ことがあります。
　　　　（なんど）（い）

　　いいえ、一度も行った ことがありません。
　　　　　（いちど）（い）

4・昨日うちにいませんでしたね。どこへ行ったのですか。
　（きのう）　　　　　　　　　　　　（い）

　　保証人のうちへ行ったのです。
　（ほしょうにん）　　（い）

　○あなたはおすしを食べないのですか。
　　　　　　　　　（た）

　　ええ、嫌いなのです。
　　　　（きら）

　・昨日うちにいませんでしたね。どこへ行ったんですか。
　（きのう）　　　　　　　　　　　　（い）

　　保証人のうちへ行ったんです。
　（ほしょうにん）　　（い）

5・どうしてこのアパートは部屋代が安いのですか。
　　　　　　　　　　　　（へやだい）（やす）

　　駅から遠いからです。
　（えき）（とお）

　　（駅から遠いから部屋代が安いのです。）
　　（えき）（とお）　　（へやだい）（やす）

6 ・ あした映画を見に行きませんか。

　　ええ、行きましょう。

　　あしたは ちょっと都合が悪いのですが、……。

7 ・ 新宿へ行くバスはどれですか。

　　新宿へ行くのはあれです。

・ どんな傘を買いましたか。

　　軽くて小さいのを買いました。

○ どんなかばんがいいですか。

　　丈夫なのがいいです。

○ どのアイスクリームがいいですか。

　　メロンのがいいです。

8 ・ これは外国人のための日本語の辞書です。

○ 日本語が分からない人のために、英語で話します。

9 ・ 何を食べますか。

　　ハンバーグにします。

10 ・ このクラスにマレーシアの学生はいませんか。

　　ええ、いません。

　　（いいえ、）います。ラヒムさんがいます。

11 ・ あの大学の試験は日本語だけです。

12 ・ わたしはチンさんと二人で映画を見に行きました。

13 ・ タンさんはキムさんからパーティーのことを聞きました。

日本語の辞書が欲しいです
にほんご　じしょ　ほ

キムさんは田中さんと一緒に新宿へ辞書を買いに
　　　　たなか　　　　いっしょ　しんじゅく　じしょ　か
行きました。
い

13課

会話文

（新宿の本屋の前）
　しんじゅく　ほんや　まえ

キ　ム：大きい本屋ですね。
　　　　おお　　　ほんや

田　中：ええ。ここには外国人のための本がたくさんあります。
た　なか　　　　　　　　がいこくじん　　　　　ほん

キ　ム：そうですか。

（辞書売り場）
　じしょう　ば

田　中：キムさんはどんな辞書を買いたいのですか。
た　なか　　　　　　　　　　　じしょ　か

キ　ム：例文がたくさん出ている辞書が欲しいのです。
　　　　れいぶん　　　　で　　　　じしょ　ほ

田　中：じゃあ、そこにあるのがいいですよ。その新日本語
た　なか　　　　　　　　　　　　　　　　　　　しんにほんご
　　　　辞典です。
　　　　じてん

キ　ム：この赤いのですか。
　　　　あか

田　中：ええ。例文の多い辞書はほかにもありますが、
た　なか　　　れいぶん　おお　じしょ
　　　　それが一番いいと思いますよ。
　　　　　いちばん　　おも

— 18 —

キ　ム：どうしてですか。

田　中：難しい漢字には振り仮名が振ってあるからです。
　　　　それに、値段もあまり高くありません。

キ　ム：そうですか。田中さんは辞書のことをよく知って
　　　　いるんですね。

田　中：ええ、前に一度チンさんとここへ来て、二人で
　　　　いろいろな辞書を見たことがあるんです。チンさんは
　　　　この辞書を買いましたよ。

キ　ム：では、わたしもこれにします。

田　中：ほかに欲しい本はありませんか。

キ　ム：ええ、ほかには特にありません。日本語の辞書だけです。

田　中：じゃあ、下の喫茶店でちょっと休みませんか。

キ　ム：いいですね。そうしましょう。

新しい漢字

辞書	本屋	外国人	例文	難しい	漢字
じしょ	ほんや	がいこくじん	れいぶん	むずか	かんじ

値段	一度	特に	下
ねだん	いちど	とく	した

新しい読み方

外国人	二人
がいこくじん	ふたり

にほんごの　じしょが　ほしいです

キムさんは　たなかさんと　いっしょに　しんじゅくへ　じしょを　かいに　いきました。

（しんじゅくの　ほんやの　まえ）

キ　ム：おおきい　ほんやですね。

たなか：ええ。ここには　がいこくじんの　ための　ほんが
　　　　たくさん　あります。

キ　ム：そうですか。

（じしょうりば）

たなか：キムさんは　どんな　じしょを　かいたいのですか。

キ　ム：れいぶんが　たくさん　でて　いる　じしょが
　　　　ほしいのです。

たなか：じゃあ、そこに　あるのが　いいですよ。その
　　　　しんにほんごじてんです。

キ　ム：この　あかいのですか。

たなか：ええ、れいぶんの　おおい　じしょは　ほかにも
　　　　ありますが、それが　いちばん　いいと
　　　　おもいますよ。

キム：どうしてですか。

たなか：むずかしい　かんじには　ふりがなが　ふって　あるからです。それに、ねだんも　あまり　たかくありません。

キム：そうですか。たなかさんは　じしょの　ことをよく　しって　いるんですね。

たなか：ええ、まえに　いちど　チンさんと　ここへ　きて、ふたりで　いろいろな　じしょを　みた　ことがあるんです。チンさんは　この　じしょをかいましたよ。

キム：では、わたしも　これに　します。

たなか：ほかに　ほしい　ほんは　ありませんか。

キム：ええ、ほかには　どくに　ありません。にほんごのじしょだけです。

たなか：じゃあ、したの　きっさてんで　ちょっとやすみませんか。

キム：いいですね。そう　しましょう。

1.	＊アイ	〈猿の名〉	名詞	阿依（猿猴名）
2.	＊あつめる	［集める］	(他)動詞2	召集，蒐集
3.	あと（〜はうちで勉強していた）	［後］	名詞	後來（〜在家裏學習。）
4.	＊あぶない	［危ない］	形容詞1	危險的
5.	あんない（大学〜）	［案内］	名詞	指南（大學〜）
6.	＊イタリア		名詞	義大利
7.	＊イタリアご	［イタリア語］	名詞	義大利語
8.	＊うる（切手を〜）	［売る］	(他)動詞1	出售，賣（〜郵票）
9.	＊うんてん＋する	［運転］	名詞	駕駛
10.	おねがいいたします	［お願い致します］	その他	拜託幫忙
11.	＊おばあさん		名詞	祖母・奶奶
12.	＊おぼえる（平仮名を〜）	［覚える］	(他)動詞2	記誦（〜平假名）
13.	＊がいこくご	［外国語］	名詞	外國語
14.	＊かわ	［川］	名詞	河川
15.	かんがえる	［考える］	(他)動詞2	考慮，考量
16.	がんばる	［頑張る］	(自)動詞1	賣力，努力
17.	きめる	［決める］	(他)動詞2	決定
18.	けいざいがくぶ	［経済学部］	名詞	經濟學院
19.	＊こうがくぶ	［工学部］	名詞	工學院
20.	＊こうじ	［工事］	名詞	施工
21.	＊こうじちゅう	［工事中］	名詞	施工中
22.	'このごろ		名詞	目前・現在
23.	これから		副詞	今後
24.	＊さいきん	［最近］	名詞	最近
25.	＊しごと	［仕事］	名詞	工作
26.	＊じゅうしょ	［住所］	名詞	住所・住處
27.	じゅけんしゃ	［受験者］	名詞	考生
28.	じゅけんする	［受験する］	(他)動詞3	參加考試
29.	＊しゅみ	［趣味］	名詞	嗜好，趣味，興趣

30.	しょうがくぶ	[商学部]	名詞	商學院
31.	しらべる	[調べる]	(他)動詞2	調査，研究，調整
32.	しんぱい	[心配]	形容詞2	擔心
33.	*スケート		名詞	滑冰，溜冰
34.	*スペイン		名詞	西班牙
35.	*スペインご	[スペイン語]	名詞	西班牙語
36.	そうだんする	[相談する]	(他)動詞3	商談，洽商
37.	*たいいんする	[退院する]	(自)動詞3	出院
38.	だいがくあんない	[大学案内]	名詞	大學指南
39.	たいせつ	[大切]	形容詞2	重要
40.	たいへん	[大変]	形容詞2	嚴重，麻煩
41.	*ただしい	[正しい]	形容詞1	正確的
42.	*ダンス		名詞	舞蹈
43.	'ちこく	[遅刻]	名詞	遲到
44.	*ちゅう(工事〜)	[中]	接尾語	中（施工〜）
45.	*ちゅうごくご	[中国語]	名詞	中國話
46.	できる(話すことが〜)		(自)動詞2	能夠（〜說話）
47.	*とる(切符が取れる)	[取る]	(他)動詞1	取得（〜車票）
48.	*バイオリン		名詞	小提琴
49.	*はこぶ	[運ぶ]	(他)動詞1	搬運，進行
50.	*ばんぐみ	[番組]	名詞	節目
51.	*フランス		名詞	法國
52.	*フランスご	[フランス語]	名詞	法語
53.	*ぶん	[文]	名詞	文章，句子
54.	*ボート		名詞	船
55.	ホームステイ		名詞	寄宿家庭
56.	*まえ(〜はできなかった)	[前]	名詞	以前（〜不會）
57.	*よく(〜映画を見る)		副詞	經常（〜看電影）

1 • わたしは自転車に乗ることができます。

　• わたしは日本語を話すことができます。

　○ わたしはテニスができます。

2 • わたしは自転車に乗れます。（⇒ 表１）

　• わたしは日本語が話せます。

3 • キムさんは今どの教室にいるか（わたしは）分かりません。

　○ 田中さんはどんな人か教えてください。

4 ○ 田中さんはカレーが好きかどうか（わたしは）分かりません。

　• わたしは大学に入れるかどうか心配です。

5 • わたしは音楽を聴くことが好きです。

6 • わたしは肉は好きですが、魚は嫌いです。

7 • わたしは日本語が話せるようになりました。

　○ あの人はこのごろよく勉強するようになりました。

　• あの人は遅刻をしなくなりました。

8 • 夏休みは海へ行ったり山へ行ったりしました。

　○ 雨が降ったりやんだりしています。

9 ○ あの人は英語しか分かりません。

　• わたしのクラスには女の学生が二人しかいません。

10 ○ 何か冷たい物を飲みたいです。

　• 何か相談したいことがあるときは、電話をかけてください。

　○ だれかタイ語のできる人を教えてください。

　○ どこかきれいな所へ行きたいです。

— 24 —

11・日曜日は暇ですから、いつでも遊びに来てください。
　○わたしは日本料理は何でも食べられます。
　○この料理は簡単だから、だれでも作れます。

12○チンさんは夏休みに国へ帰ると言っていました。
　●田中さんはゆうべのパーティーは楽しかったと言っていました。

13・あの人は六か月で日本語がとても上手になりました。

14・わたしは毎朝コーヒーか紅茶を飲みます。

（表１）

	辞書の形	可能の動詞
動詞 I	かく（書く）	かける
	およぐ（泳ぐ）	およげる
	はなす（話す）	はなせる
	たつ（立つ）	たてる
	しぬ（死ぬ）	しねる
	あそぶ（遊ぶ）	あそべる
	よむ（読む）	よめる
	はしる（走る）	はしれる
	かう（買う）	かえる
動詞 II	おきる（起きる）	おきられる
	たべる（食べる）	たべられる
動詞 III	くる（来る）	こられる
	する	＊できる

大学に入れるかどうか心配です

マリアさんは保証人の木村さんのうちへ行きました。

木　村：マリアさん、夏休みはどうでしたか。

マリア：八月の初めに北海道へホームステイに行きました。
とても楽しかったです。　後はうちで勉強を
していました。

木　村：そうですか。　わたしはこの前学校へ行って、
あなたの先生に会いました。　マリアさんはとても
頑張っていると言っていましたよ。

マリア：そうですか。

木　村：六か月で本当に上手に日本語が話せるように
なりましたね。

マリア：話すことはあまり困らなくなりましたが、新聞を読むことはできません。まだ漢字が少ししか分かりませんから。来年わたしは国立大学の経済学部か商学部を受験したいと思っています。でも、入れるかどうかとても心配です。

木　村：経済学部や商学部は受験者が多いから大変ですね。あなたはもう、どの大学を受けるか決めましたか。

マリア：いいえ、まだ決めていません。これから先生と相談したり、大学案内を調べたりして、決めたいと思います。

木　村：そうですね。大切なことですから、よく考えて決めてください。何か相談したいことがあるときは、いつでも電話をかけてください。

マリア：はい。よろしくお願いいたします。

新しい漢字

保証人	夏休み	八月	北海道	新聞	国立
ほ しょうにん	なつやす	はち がつ	ほっ かいどう	しんぶん	こくりつ

学部	受験	心配	大変	決める	相談	調べる
がくぶ	じゅけん	しんぱい	たいへん	き	そうだん	しら

考える	電話
かんが	でんわ

新しい読み方

六か月	上手	話す	受験	大変
ろっ げつ	じょうず	はな	じゅけん	たいへん

— 27 —

だいがくに はいれるか どうか しんぱいです

マリアさんは ほしょうにんの きむらさんの うちへ いきました。

きむら：マリアさん、なつやすみは どうでしたか。

マリア：はちがつの はじめに ほっかいどうへ ホームステイに いきました。とても たのしかったです。あとは うちで べんきょうを して いました。

きむら：そうですか。わたしは この まえ がっこうへ いって、あなたの せんせいに あいました。マリアさんは とても がんばって いると いって いましたよ。

マリア：そうですか。

きむら：ろっかげつで ほんとうに じょうずに にほんごが はなせるように なりましたね。

マリア：はなす ことは あまり こまらなく なりましたが、しんぶんを よむ ことは できません。まだ かんじが すこししか わかりませんから。らいねん わたしは こくりつだいがくの けいざいがくぶか しょうがくぶを じゅけんしたいと おもって います。でも、はいれるか どうか とても しんぱいです。

きむら：けいざいがくぶや　しょうがくぶは　じゅけんしゃが
　　　　おおいから　たいへんですね。あなたは　もう、
　　　　どの　だいがくを　うけるか　きめましたか。
マリア：いいえ、まだ　きめて　いません。これから
　　　　せんせいと　そうだんしたり、だいがくあんないを
　　　　しらべたり　して、きめたいと　おもいます。
きむら：そうですね。たいせつな　ことですから、よく
　　　　かんがえて　きめて　ください。なにか　そうだんし
　　　　たい　ことが　ある　ときは、いつでも　でんわを
　　　　かけて　ください。
マリア：はい。よろしく　おねがいいたします。

15 学校でスピーチコンテストがあるそうです
がっこう

1.	ある（スピーチコンテストが～）		(自)動詞 I	舉行（～演講比賽）
2.	*いかがですか（この靴は～）		その他	如何呢？（這雙鞋子～）
3.	*いけばな	[生け花]	名詞	插花
4.	*いちにちじゅう	[一日じゅう]	名詞	一整天
5.	*いってまいります	[行ってまいります]	その他	再見，我走了（出門時用）
6.	いや	[嫌]	形容詞2	討厭，不喜歡
7.	うまい（日本語が～）		形容詞 I	流暢，好的，高明的（日文說得～）
8.	*えきいん	[駅員]	名詞	站務員
9.	*オーストラリア		名詞	澳洲
10.	*おおや	[大家]	名詞	房東
11.	*おきゃくさま	[お客様]	名詞	顧客
12.	*おくる（人形を～）	[贈る]	(他)動詞 I	贈送（～玩偶）
13.	*おしょうがつ	[お正月]	名詞	新年
14.	*おはよう		その他	早安
15.	*オリンピック		名詞	奧運會
16.	*かいさつぐち	[改札口]	名詞	剪票口
17.	*かう	[飼う]	(他)動詞 I	飼養
18.	*かじ	[火事]	名詞	火災
19.	*かなしい	[悲しい]	形容詞 I	悲慘的，悲哀的，遺憾的
20.	*かならず	[必ず]	副詞	必定，一定
21.	*かわ（りんごの～）	[皮]	名詞	皮（蘋果～）
22.	*がんしょ	[願書]	名詞	申請書
23.	*くやくしょ	[区役所]	名詞	區公所
24.	けいけん	[経験]	名詞	經驗
25.	げんこう	[原稿]	名詞	稿子
26.	*さす（傘を～）		(他)動詞 I	撐（～傘）
27.	*さそう	[誘う]	(他)動詞 I	邀約
28.	*さっき		副詞	之前，剛才
29.	'さとう	[砂糖]	名詞	（砂）糖
30.	*さびしい	[寂しい]	形容詞 I	寂寞的，孤單的

31.	*じこ	[事故]	名詞	事故
32.	*じしん	[地震]	名詞	地震
33.	*じゅう（一日〜）		接尾語	整個，全（一〜天）
34.	*しょうめいしょ	[証明書]	名詞	證書
35.	スピーチ		名詞	演講
36.	スピーチコンテスト		名詞	演講比賽
37.	*せつめいかい	[説明会]	名詞	說明會 オリエンテーション
38.	せんぱい	[先輩]	名詞	前輩
39.	そんなことはありません		その他	沒這回事。
	（「わたしは絵が下手です。」「〜。」）			（「我的畫畫得不好。」「〜。」）
40.	*だいとうりょう	[大統領]	名詞	總統
41.	'ただいま（「〜」と言う）		その他	我回來了。（說「〜」）
42.	だまる	[黙る]	(自)動詞 I	沉默不語
43.	だめ		形容詞 2	不行
44.	つぎに（〜話すこと）後加	[次に]	副詞	下面，接著（〜所說的事）
45.	でる（コンテストに〜）	[出る]	(自)動詞 2	參加（〜比賽） or テレビに でる 上電視る
46.	*てんきよほう	[天気予報]	名詞	天氣預報
47.	とちゅう（〜で）←後面也有何	[途中]	名詞	途中（在〜）
48.	*とまる（ホテルに〜）能加に	[泊まる]	(自)動詞 I	住宿（在飯店〜）
49.	*にゅうがくしけん	[入学試験]	名詞	入學考試
50.	*にる（顔が似ている）	[似る]	(自)動詞 2	相似（容貌〜）
51.	はずかしい	[恥ずかしい]	形容詞 I	害羞的，慚愧的
52.	はつおん	[発音]	名詞	發音
53.	*ひつよう	[必要]	形容詞 2	必要的，必需的
54.	'ビル		名詞	大樓
55.	*ミルク		名詞	牛奶
56.	*むく（皮を〜）		(他)動詞 I	剝、削（〜皮）
57.	メモ or メモにとってください。		名詞	備忘錄
58.	ゆうしょうする	[優勝する]	(自)動詞 3	獲勝
59.	*よる（郵便局に〜）	[寄る]	(自)動詞 I	順路，順道到（〜郵局）
60.	よる（先生の話に〜と）一般不用漢字		(自)動詞 I	依據（〜老師說的話）
61.	*わかれ	[別れ]	名詞	離別，離開
62.	*わかれる	[別れる]	(自)動詞 2	分離 分手←と 分かれる
63.	*わたす	[渡す]	(他)動詞 I	交付（給）

15課
語彙

— 31 —

言い方
（いいかた）

1 ・ わたしはあした映画を見に行くつもりです。

　○ わたしは今度の日曜日はどこへも行かないつもりです。
　　　（こんど　にちようび）

2 ・ わたしは夏休みに北海道へ行こうと思っています。
　　　（なつやす　ほっかいどう　い　おも）

　　（⇒ 表１）
　　　（ひょう）

3 ・ チンさんは夏休みに国へ帰るそうです。
　　　（なつやす　くに　かえ）

　・ 先生の話によると今度の試験は難しいそうです。
　　（せんせい　はなし　こんど　しけん　むずか）

4 ・ ラヒムさんは風邪を引いたと言っていたから、今日は
　　　（かぜ　ひ　い　きょう）
　　学校へ来ないかもしれません。
　　　（がっこう　こ）

　○ あしたは雨かもしれません。
　　　（あめ）

5 ・ わたしは砂糖を入れてコーヒーを飲みます。
　　　（さとう　い　の）

　・ 姉は砂糖を入れないでコーヒーを飲みます。
　　　（あね　さとう　い　の）

6 ・ 早くうちへ帰りなさい。
　　　（はや　かえ）

7 ・ わたしは新しいシャツを着てみました。
　　　（あたら　き）

— 32 —

8 ● うちへ<u>帰ったとき</u>「ただいま」と言います。
　○ 昨日うちへ<u>帰るとき</u>パンを買いました。
　○ わたしは<u>小さいとき</u>北海道に住んでいました。

9 ● 友達と話をする<u>の</u>は楽しいです。

10 ● あした学校のホール<u>で</u>パーティー<u>が</u> あります。

11 ● わたしは日本語がまだ下手です。
　　<u>そんなことはありませんよ。</u>

12 ● あそこに高いビルが<u>見えます</u>が、あれは何ですか。

（表 1 ）
ひょう

	辞書の形 じしょ かたち	意志の形 いし かたち		辞書の形 じしょ かたち	意志の形 いし かたち
動詞 I	か<u>く</u>　（書く） およ<u>ぐ</u>　（泳ぐ） はな<u>す</u>　（話す） た<u>つ</u>　（立つ） し<u>ぬ</u>　（死ぬ） あそ<u>ぶ</u>　（遊ぶ） よ<u>む</u>　（読む） の<u>る</u>　（乗る） あ<u>う</u>　（会う）	か<u>こう</u> およ<u>ごう</u> はな<u>そう</u> た<u>とう</u> し<u>のう</u> あそ<u>ぼう</u> よ<u>もう</u> の<u>ろう</u> あ<u>おう</u>	動詞 II	おき<u>る</u>　（起きる） たべ<u>る</u>　（食べる）	おき<u>よう</u> たべ<u>よう</u>
			動詞 III	<u>くる</u>　（来る） <u>する</u>	<u>こよう</u> <u>しよう</u>

学校でスピーチコンテストがあるそうです

（昼休みに学校の庭で）

チ　ン：先生の話によると十月に学校でスピーチコンテスト
　　　　があるそうですが、あなたは出るつもりですか。

アンナ：ええ、出ようと思っています。あなたは。

チ　ン：わたしはだめです。まだ日本語がうまく話せ
　　　　ませんから。

アンナ：そんなことはありませんよ。先生も「いい経験に
　　　　なるから出てみなさい。」と言っていました。

チ　ン：でも、原稿を見ないで話すのでしょう。わたしの
　　　　先輩は去年スピーチコンテストに出て、途中で次に
　　　　話すことが分からなくなったそうですよ。

アンナ：大丈夫ですよ。わたしは忘れたときはメモを見る
　　　　つもりです。わたしも出るのですから、一緒に出
　　　　ましょう。

チ　ン：でも、わたしは途中で何も分からなくなって、
　　　　黙って立っているのはいやです。恥ずかしいですよ。

アンナ：そうですか。残念ですね。それでは、わたしが
　　　　スピーチをするときは聴いていてくださいね。

チ　ン：あなたは発音がいいから、優勝するかもしれませんよ。
　　　　頑張ってください。

15課

会話文

新しい漢字

庭	経験	次	大丈夫	忘れる	残念	発音
にわ	けいけん	つぎ	だいじょうぶ	わす	ざんねん	はつおん

新しい読み方

立つ
た

がっこうで　スピーチコンテストが　あるそうです

（ひるやすみに　がっこうの　にわで）

チ　ン：せんせいの　はなしに　よると　じゅうがつに
　　　　がっこうで　スピーチコンテストが　あるそうですが、
　　　　あなたは　でる　つもりですか。

アンナ：ええ、でようと　おもって　います。あなたは。

チ　ン：わたしは　だめです。まだ　にほんごが　うまく
　　　　はなせませんから。

アンナ：そんな　ことは　ありませんよ。せんせいも
　　　　「いいけいけんに　なるから　でて　みなさい。」と
　　　　いって　いました。

チ　ン：でも、げんこうを　みないで　はなすのでしょう。
　　　　わたしの　せんぱいは　きょねん　スピーチコンテ
　　　　ストに　でて、とちゅうで　つぎに　はなす　ことが
　　　　わからなく　なったそうですよ。

アンナ：だいじょうぶですよ。わたしは わすれた ときは メモを みる つもりです。わたしも でるのですから、いっしょに でましょう。

チ　ン：でも、わたしは とちゅうで なにも わからなくなって、だまって たって いるのは いやです。はずかしいですよ。

アンナ：そうですか。ざんねんですね。それでは、わたしが スピーチを する ときは きいて いて くださいね。

チ　ン：あなたは はつおんが いいから、ゆうしょうする かも しれませんよ。がんばって ください。

ちょうさ　よろんちょうさ　〜(について)〜をする
くしんい

1.	*アンケート　アンケート調査＝世論調査		名詞	問卷調查
2.	あんないず	[案内図]	名詞	指南圖
3.	*いじょう(20歳〜)	[以上]	名詞	以上(20歲〜)(包)接尾詞
4.	いる(お金が〜)	[要る]	(自)動詞I	需要(〜金錢)等主變化
5.	いろいろ(〜ありがとう)	[色々]	副詞	萬事(〜感謝)
6.	*うそ	[嘘]	名詞	謊言
7.	がいこくじんとうろくしょう [外国人登録証]		名詞	外國人登記證
8.	*かえす	[返す]	(他)動詞I	歸還・退回
9.	*がくせいしょう	[学生証]	名詞	學生證
10.	かわり(〜の人)	[代わり]	名詞	替代(〜的人)
11.	きょか	[許可]	名詞	允許・准許
12.	*きんし(駐車〜)	[禁止]	名詞	禁止(〜停車)
13.	けっこんしき	[結婚式]	名詞	結婚典禮
14.	*げつまつ	[月末]	名詞	月底
15.	*けんこうしんだん	[健康診断]	名詞	健康檢查＝人間ドック にんげん
16.	*こうしん(ビザの〜)	[更新]	名詞	更新(簽證〜)
17.	ことわる(断って休む)	[断る]	(他)動詞I	事先告知(請假)
18.	*こわす(いすを〜)	[壊す]	(他)動詞I	破壞・弄壞(椅子〜)
19.	さいにゅうこく	[再入国]	名詞	再入境
20.	*さがる(熱が〜)	[下がる]	(自)動詞I	下降(發燒〜)下げる(他)さ
21.	*しめきり	[締め切り]	名詞	截止
22.	しゅうにゅういんし	[収入印紙]	名詞	印花稅票→長得像郵票
23.	しょう(登録〜)	[証]	接尾語	證(登記〜)
24.	しょるい	[書類]	名詞	文件
25.	しんせいしょ	[申請書]	名詞	申請書
26.	ず(案内〜)	[図]	名詞	圖(指南〜)
27.	それから(〜、収入印紙が必要です)		接続詞	接下來(〜，需要印花稅票。)
28.	たのむ	[頼む]	(他)動詞I	懇求・委託

16課
語彙

29.	*ちゅうしゃ	[駐車]	名詞	停車
30.	*つく(うそを〜)		(他)動詞I	說（〜謊話）
31.	どういたしまして		その他	不用客氣，不敢當
32.	とうろく	[登録]	名詞	登記
33.	とうろくしょう(外国人〜)	[登録証]	名詞	登記證（外國人〜）
34.	*とめる(部屋に友達を〜)	[泊める]	(他)動詞2	住宿（房間讓友人〜。）
35.	にゅうかん	[入管]	名詞	入境管理所
36.	*ねつ	[熱]	名詞	發燒
37.	パスポート		名詞	護照
38.	*ビザ		名詞	簽證
39.	*びじゅつかん	[美術館]	名詞	美術館
40.	*ひやす　ビールをひやす	[冷やす]	(他)動詞I	使涼，冷凍
41.	*ブラジル		名詞	巴西
42.	べつに(〜要らない)	[別に]	副詞	特別地（不需〜）
43.	*ホテル		名詞	飯店
44.	まえ(〜の日に)	[前]	名詞	之前（〜一天）
45.	*まず		副詞	首先
46.	*また(そして、〜)		接続詞	一併，也，更，再（那就〜）
47.	*みぎがわ	[右側]	名詞	右邊
48.	*みまん(20歳〜)	[未満]	名詞	未滿（〜20歳）
49.	*めんせつ(〜試験)	[面接]	名詞	接見會面（〜考試）
50.	*めんせつしけん	[面接試験]	名詞	口試，面試
51.	やまもと	[山本]〈人名〉	名詞	山本（人名）
52.	やる(あのスーパーは8時までやっている)		(他)動詞I	經營，營業（那超市〜到 8點為止。）
53.	*ゆうびん	[郵便]	名詞	郵務，郵件
54.	*よやくする	[予約する]	(他)動詞3	預約

16課
語彙

言い方
<small>い かた</small>

1 • ここでたばこを吸ってもいいですか。

　　はい、たばこを吸ってもいいです。（ええ、どうぞ。）

　　いいえ、吸ってはいけません。（いいえ、ここでは

　　吸わないでください。）

　• ここでたばこを吸ってはいけませんか。

　　はい、吸ってはいけません。（ええ、ここでは

　　吸わないでください。）

　　いいえ、吸ってもいいですよ。

2 • 漢字で書かなくてもいいですか。

　　はい、漢字で書かなくてもいいです。

　　いいえ、漢字で書かなければいけません。（いいえ、

　　漢字で書いてください。）

　• 漢字で書かなければいけませんか。

　　はい、漢字で書かなければいけません。（ええ、

　　漢字で書いてください。）

　　いいえ、漢字で書かなくてもいいですよ。

3 ・ 弟の結婚式があるから、あした会社を休まなければ
　　 なりません。

4 ・ 今晩友達が来るから、部屋を掃除しておきます。

5 ・ チンさんが住んでいるのはあのアパートです。
　　 （チンさんはあのアパートに住んでいます。）

6 ・ （答えは）これでいいですか。

7 ・ 人に聞かないで自分で考えなさい。

わたしは入管へ行かなければなりません
にゅうかん　い

（事務室で）
じむしつ

ラヒム：姉の結婚式がありますから、わたしは冬休みに国へ
　　　　あね　けっこんしき　　　　　　　　　　　　　ふゆやす　　　くに

　　　　帰らなければなりません。入管へ行くときはどんな
　　　　かえ　　　　　　　　　　　にゅうかん　い

　　　　書類が必要ですか。
　　　　しょるい　ひつよう

山　本：再入国の許可ですね。そのときは別に書類は持って
やま　もと　さいにゅうこく　きょか　　　　　　　　べつ　しょるい　も

　　　　いかなくてもいいですよ。向こうに再入国許可申請
　　　　　　　　　　　　　　　　　　む　　　さいにゅうこくきょかしんせい

　　　　書がありますから、それに必要なことを書いて
　　　　しょ　　　　　　　　　　　　ひつよう　　　　　　　か

　　　　ください。

ラヒム：写真はどうですか。
　　　　しゃしん

山　本：必要な国もありますが、あなたはマレーシアだから、
やま　もと　ひつよう　くに

　　　　要りません。でも、パスポートと外国人登録証を
　　　　い　　　　　　　　　　　　　　　　　がいこくじんとうろくしょう

　　　　忘れてはいけませんよ。
　　　　わす

ラヒム：それだけでいいですか。

山　本：それから、三千円の収入印紙が必要です。
やま　もと　　　　　さんぜんえん　しゅうにゅういんし　ひつよう

ラヒム：分かりました。わたしが行けるのは土曜日だけですが、
　　　　土曜日も入管はやっていますか。

山　本：いいえ、土曜日は休みです。

ラヒム：そうですか。だれか代わりの人に頼んではいけませんか。

山　本：ええ、必ず自分で行かなければいけません。

ラヒム：それでは、学校を休まなければなりませんね。

山　本：いいえ、あまり時間はかかりませんから、午前中に
　　　　行って、午後から学校へ来てください。行くときは
　　　　前の日に先生に断っておいてください。

ラヒム：分かりました。では、そうします。

山　本：入管の場所は分かりますか。そこに案内図がありますよ。

ラヒム：一枚もらってもいいですか。

山　本：ええ、どうぞ。

ラヒム：どうもいろいろありがとうございました。

山　本：いいえ、どういたしまして。

新しい漢字

姉	結婚式	冬休み	必要	別	外国人登録証
あね	けっこんしき	ふゆやす	ひつよう	べつ	がいこくじんとうろくしょう

三千円	収入印紙	代わり	頼む	自分	案内図
さんぜんえん	しゅうにゅういんし	か	たの	じぶん	あんないず

新しい読み方

山本	書く	要る	必ず	自分	午前中
やまもと	か	い	かなら	じぶん	ごぜんちゅう

わたしは　にゅうかんへ　いかなければ　なりません

（じむしつで）

ラ ヒ ム：あねの　けっこんしきが　ありますから、わたしは
　　　　　ふゆやすみに　くにへ　かえらなければ
　　　　　なりません。にゅうかんへ　いく　ときは　どんな
　　　　　しょるいが　ひつようですか。

やまもと：さいにゅうこくの　きょかですね。その　ときは
　　　　　べつに　しょるいは　もって　いかなくても
　　　　　いいですよ。むこうに　さいにゅうこくきょか
　　　　　しんせいしょが　ありますから、　それに
　　　　　ひつようなことを　かいて　ください。

ラ ヒ ム：しゃしんは　どうですか。

やまもと：ひつような　くにも　ありますが、あなたは
　　　　　マレーシアだから、いりません。でも、パスポート
　　　　　と　がいこくじんとうろくしょうを　わすれては
　　　　　いけませんよ。

ラ ヒ ム：それだけで　いいですか。

やまもと：それから、さんぜんえんの　しゅうにゅういんしが
　　　　　ひつようです。

ラ ヒ ム：わかりました。わたしが　いけるのは　どようび
　　　　　だけですが、どようびも　にゅうかんは　やって
　　　　　いますか。

やまもと：いいえ、どようびは　やすみです。

ラヒム：そうですか。だれか　かわりの　ひとに　たのん
　　　　　では　いけませんか。

やまもと：ええ、かならず　じぶんで　いかなければい
　　　　　けません。

ラヒム：それでは、　がっこうを　やすまなければ
　　　　　なりませんね。

やまもと：いいえ、あまり　じかんは　かかりませんから、
　　　　　ごぜんちゅうに　いって、ごごから　がっこうへ
　　　　　きて　ください。いく　ときは　まえの　ひに
　　　　　せんせいに　ことわって　おいて　ください。

ラヒム：わかりました。では、そう　します。

やまもと：にゅうかんの　ばしょは　わかりますか。そこに
　　　　　あんないずが　ありますよ。

ラヒム：いちまい　もらっても　いいですか。

やまもと：ええ、どうぞ。

ラヒム：どうも　いろいろ　ありがとう　ございました。

やまもと：いいえ、どういたしまして。

17 『坊っちゃん』と『こころ』とどちらが好きですか

1.	*あいさつ		名詞	寒暄，問候
2.	*あみだな	[網棚]	名詞	（火車、電車上）置物架
3.	いう（何と〜花） という叫做…		(他)動詞Ⅰ	叫做（〜什麼花）
4.	*いえ	[家]→具体	名詞	家（house）うち（home）
5.	いつか（〜読んでみたい）		連語	將來有一天（〜想讀讀看）
6.	いなか	[田舎]	名詞	鄉下
7.	*エベレスト		名詞	聖母峯
8.	*おかし	[お菓子]	名詞	糕點
9.	*カーネーション（をあげます）		名詞	康乃馨
10.	*かせい	[火星]	名詞	火星
11.	*カレーライス		名詞	咖哩飯
12.	*ぎゅうにく	[牛肉]	名詞	牛肉
13.	こい	[恋]	名詞	戀愛 こいびと恋人 は
14.	*こうよう	[紅葉]	名詞	楓葉＝楓の葉（っぱ）
15.	こころ	〈小説名〉	名詞	心（小説名）
16.	*こわい	[怖い]	形容詞Ⅰ	可怕 私は犬が怖いです
17.	さいご	[最後]	名詞	最後 彼は犬が怖がっています
18.	*さくらんぼ（日本櫻桃）⇒チェリ		名詞	櫻桃 様态感觉と
19.	*さる	[猿]	名詞	猴子 こそうです
20.	さんしろう	[三四郎]	名詞	三四郎（小説名）
21.	しょうせつ	[小説]	名詞	小説
22.	*じんこう	[人口]	名詞	人口
23.	ずいぶん 整氏室主張	[随分]	副詞	相當・很 ずいぶん大きくなり
24.	*すく（電車が〜）	[空く]	(自)動詞Ⅰ	有空位（電車〜）空く←向部有
25.	せいねん	[青年]	名詞	青年
26.	*せかい	[世界]	名詞	世界
27.	せき（お年寄りのための〜）	[席]	名詞	座位（為老年人準備的〜）
28.	ぜひ（〜読んでみたい）		副詞	務必・一定（〜要讀讀看）
29.	そつぎょうろんぶん	[卒業論文]	名詞	畢業論文

(n.) 是非 ex わたしはぜひ一度北海道へ行ってみたい
あなたは8月8日のパーティーにぜひ来てください。

30.	*だいこん	[大根]	名詞	蘿蔔
31.	*ためる	[貯める]	(他)動詞2	積存・積蓄　お金をためる
32.	*ちがう	[違う]	(自)動詞1	不同・不一致・錯誤
33.	*ちきゅう	[地球]	名詞	地球
34.	*チャーハン		名詞	炒飯
35.	*ちる	[散る]	(自)動詞1	分散・凋謝
36.	*ていしょく	[定食]	名詞	快餐・客飯
37.	でる（東京に～）	[出る]	(自)動詞2	前來（～東京）
38.	*てん（どんな～が違うか）	[点]	名詞	點（哪一～錯誤了？）
39.	*でんしレンジ	[電子レンジ]	名詞	微波爐
40.	どちら		代名詞	哪一個
41.	*とれる（ボタンが～）	[取れる]	(自)動詞2	脱落（鈕扣～）
42.	なつめそうせき	[夏目漱石]〈人名〉	名詞	夏目漱石（人名）
43.	*ねずみ		名詞	老鼠
44.	はじめて（ni）	[初めて]	副詞	第一次・初次
45.	*ひ	[火]	名詞	火　火をつける→点火
46.	ひまわり＝日＋回る		名詞	向日葵
47.	*びわこ	[琵琶湖]	名詞	琵琶湖（湖名）
48.	*ピンク		名詞	粉紅色
49.	*ふく（風が～）	[吹く]	(自)動詞1	吹（～風）ろうそくを吹く
50.	*ふとん　敷布団	[布団]	名詞	棉被　口笛を吹く（吹口哨）
51.	*ボタン		名詞	鈕扣　浅蝶を吹く（吹牛）
52.	ぼっちゃん	[坊っちゃん]〈小説名〉	名詞	少爺（小説名）
53.	*みずうみ	[湖]	名詞	湖泊
54.	*みたか	[三鷹]〈地名〉	名詞	三鷹（地名）
55.	めいあん→瞬ます	[明暗]〈小説名〉	名詞	明暗（小説名）
56.	*めざましどけい	[目覚まし時計]	名詞	鬧鐘
57.	*メニュー		名詞	菜單
58.	*やきにく	[焼き肉]	名詞	烤肉
59.	*やめる（出掛けるのを～）		(他)動詞2	停止・作罷・不（～出去）
60.	ゆうめい	[有名]	形容詞2	有名
61.	*ラーメン		名詞	拉麵
62.	ろんぶん	[論文]	名詞	論文

形が詞だ 第四変化

→ ＝図書館(は静かです。(なので)私はいつも図書館で勉強します。

1 ● 昨日は雨が降っていたの(で) 一日じゅううちにいました。
  (きのう)(あめ)(ふ)   (いちにち)

  ○ 図書館は静かな ので、わたしはいつも図書館で勉強します。
  (としょかん)(しず)   (としょかん)(べんきょう)

  ○ 今日は日曜日な ので、学校は休みです。
  (きょう)(にちようび)   (がっこう)(やす)
  ＝だ 第四変化

強調底用程也

☆和「友ら不同的地方」から自分の意見、意志、推量、判断、依頼、禁止、催が誘なと(講義有舉例).

様助!

2 ○ 雨が降り そうです。(⇒ 表 1)
  (あめ)(ふ)   (ひょう)

  ● このケーキはおいし そうですね。

  ○ あの人はとても元気 そうです。
  (ひと)   (げんき)

  ● 雨はやみそうもありません。
  (あめ)

  ○ このケーキはおいしく なさそうです。

  ○ あの人は元気ではなさそうです。
  (ひと)(げんき)

  ○ 雨が降りそうだから、傘を持っていきます。
  (あめ)(ふ)   (かさ)(も)

  ○ おいしそうなケーキですね。いただきます。

  ○ 田中さんはおいしそうにビールを飲んでいます。
  (たなか)   (の)

3 ● あなたは肉と魚と どちら が好きですか。
  (にく)(さかな)   (す)

    わたしは (魚より) 肉の方が好きです。
    (さかな)(にく)(ほう)(す)

最高級 沒有の弓
肉ガ一番好きです。

  ● インドネシアは日本より暑いです。
  (にほん)(あつ)

→目的 動詞(④)+ために

4 ● 弟は<u>オートバイを買う</u><u>ために</u>アルバイトをしています。
   おとうと   か

後云続詞+ 把两句接这一句 長状態い休因 但隠含还有其他
可讲 又是举出 了来讲

5 ● 小林さんは<u>頭もいい</u>(<u>し</u>)、スポーツ<u>も</u>できます。
   こばやし   あたま
   都いい又いい
   ● 小林さんはテニス<u>も</u>できる<u>し</u>、サッカー<u>も</u>できます。
   こばやし
   ○ 小林さんはテニス<u>も</u>サッカー<u>も</u>できます。
   こばやし

ex 年もとったし、あまり無理な仕事をしないほうがいいです。
   →叫什麼い   ↓
                    √(い).

6 ● これは<u>何という</u>花ですか。
       なん   はな
   これはひまわりです。   =とは 所詞的(定義)
   といいいい→
   ● 東京ドーム<u>というのは</u><u>何</u>ですか。
   とうきょう   なん
   (東京ドームというのは) 野球場です。
   とうきょう   や きゅうじょう

   軽接気倒で   で
              力   ら→
7 ● 父は<u>二十八歳</u>(<u>で</u>)結婚しました。
   ちち にじゅうはっさい けっこん
   ✗
        ex. 彼女は20歳で子供を産みました。

（表１） 様態の「そう」
ひょう   ようたい

		～そうだ	
動詞 どうし	やむ	やみそうだ	やみそうもない
	できる	できそうだ	できそうもない
	来る く	来そうだ き	来そうもない き
	する	しそうだ	しそうもない
形容詞Ⅰ けいようし	おいしい	おいしそうだ	おいしくなさそうだ
	高い たか	高そうだ たか	高くなさそうだ たか
	いい	良さそうだ よ	良くなさそうだ よ
	ない	なさそうだ	————
形容詞Ⅱ けいようし	元気だ げんき	元気そうだ げんき	元気ではなさそうだ げんき
	丈夫だ じょうぶ	丈夫そうだ じょうぶ	丈夫ではなさそうだ じょうぶ
名詞 めいし	日本人だ にほんじん	————	日本人ではなさそうだ にほんじん

『坊っちゃん』と『こころ』とどちらが好きですか

（図書館で）

アンナ：小林さん、何を読んでいるのですか。難しそうですね。

小　林：あっ、これですか。夏目漱石の小説です。
アンナさんは夏目漱石を知っていますか。

アンナ：ええ、前に英語で『坊っちゃん』と『こころ』を
読んだことがあります。

小　林：そうですか。『坊っちゃん』と『こころ』とどちらが
好きですか。

アンナ：わたしは『坊っちゃん』の方が好きです。
『坊っちゃん』は出てくる人たちも面白かったし、話も
よく分かりました。

小　林：そうですか。『こころ』はどうでしたか。

アンナ：『こころ』は『坊っちゃん』より少し難しいと
思いました。わたしはよく分かりませんでした。
小林さんが今読んでいるのは何ですか。

小林：『明暗』です。前にも一度読みましたが、卒業論文
を書くためにもう一度読んでいます。漱石は『明暗』
を書いているときに死んだので、これが漱石の最後
の小説になりました。

アンナ：漱石は何歳で死んだのですか。

小林：四十九歳です。

アンナ：そうですか。ずいぶん早く死んでしまったのですね。

小林：ええ。でも、漱石はあなたの読んだ『坊っちゃん』や
『こころ』のほかにも有名な小説をたくさん書きました。

アンナ：小林さんは漱石の小説の中で何が一番好きですか。

17課

会話文

小林：わたしは『三四郎』が一番好きです。

アンナ：三四郎というのは人の名前ですね。

小林：ええ、そうです。三四郎という田舎の青年が初めて
東京に出てきて、勉強をしたり恋をしたりする話です。

アンナ：面白そうですね。わたしは日本語ではまだ読めそうも
ありませんが、いつかぜひ読んでみたいと思います。

新しい漢字

図書館	小説	明暗	死ぬ	最後	何歳	有名
としょかん	しょうせつ	めいあん	し	さいご	なんさい	ゆうめい

青年	恋
せいねん	こい

新しい読み方

図書館	小説	方	有名
としょかん	しょうせつ	ほう	ゆうめい

『ぼっちゃん』と 『こころ』と どちらが すきですか

（としょかんで）

アンナ：こばやしさん、なにを よんで いるのですか。
　　　　むずかしそうですね。

こばやし：あっ、これですか。 なつめそうせきの
　　　　しょうせつです。アンナさんは なつめそう
　　　　せきを しって いますか。

アンナ：ええ、まえに えいごで 『ぼっちゃん』と
　　　　『こころ』を よんだ ことが あります。

こばやし：そうですか。『ぼっちゃん』と 『こころ』と
　　　　どちらが すきですか。

アンナ：わたしは 『ぼっちゃん』の ほうが すきです。
　　　　『ぼっちゃん』は でて くる ひとたちも
　　　　おもしろかったし、はなしも よく わかりました。

こばやし：そうですか。『こころ』は どうでしたか。

アンナ：『こころ』は 『ぼっちゃん』より すこし
　　　　むずかしいと おもいました。わたしは よく
　　　　わかりませんでした。こばやしさんが いま
　　　　よんで いるのは なんですか。

こばやし：『めいあん』です。まえにも いちど よみまし
　　　　たが、そつぎょうろんぶんを かく ために
　　　　もう いちど よんで います。そうせきは 『め
　　　　いあん』を かいて いる ときに しんだので、
　　　　これが そうせきの さいごの しょうせつになりました。

アンナ：そうせきは　なんさいで　しんだのですか。

こばやし：よんじゅうきゅうさいです。

アンナ：そうですか。ずいぶん　はやく　しんで　しまった
　　　　のですね。

こばやし：ええ。でも、そうせきは　あなたの　よんだ
　　　　『ぼっちゃん』や　『こころ』の　ほかにも
　　　　ゆうめいな　しょうせつを　たくさん　かきました。

アンナ：こばやしさんは　そうせきの　しょうせつの　な
　　　　かで　なにが　いちばん　すきですか。

こばやし：わたしは『さんしろう』が　いちばん　すきです。

アンナ：さんしろうと　いうのは　ひとの　なまえですね。

こばやし：ええ、そうです。さんしろうと　いう　いなかの
　　　　せいねんが　はじめて　とうきょうに　でて
　　　　きて、べんきょうを　したり　こいを　したり
　　　　する　はなしです。

アンナ：おもしろそうですね。わたしは　にほんごでは
　　　　まだ　よめそうも　ありませんが、いつか　ぜひ
　　　　よんで　みたいと　おもいます。

18　トラは夜になるといつも妹の部屋へ行きます
よる　　　　　　　　いもうと　へや　い

1.	*あつい（～スープ）	［熱い］	形容詞 I	熱的（～湯）
2.	*あんき	［暗記］	名詞	背，背誦
3.	*いっしょうけんめい	［一生懸命］	副詞	拼命
4.	*うるさい		形容詞 I	嘈雜的
5.	*うれしい		形容詞 I	高興的
6.	*えさ		名詞	飼料
7.	*おくじょう	［屋上］	名詞	屋頂
8.	*おす（ボタンを～）	［押す］	(他)動詞 I	按，推（～按鈕）
9.	*おもいだす	［思い出す］	(他)動詞 I	想起
10.	*おゆ	［お湯］	名詞	熱水
11.	*かい（	～）	［回］	接尾語	次（1～）
12.	*かしゅ	［歌手］	名詞	歌手
13.	かつお		名詞	鰹魚
14.	かわいがる		(他)動詞 I	疼愛，喜愛（上對下使用）
15.	かん	［缶］	名詞	罐
16.	かんづめ	［缶詰］	名詞	罐頭
17.	*きこう	［気候］	名詞	氣候
18.	*きせつ	［季節］	名詞	季節
19.	'くも	［雲］	名詞	雲
20.	*くらい	［暗い］	形容詞 I	暗的，暗淡的
21.	*グローブ		名詞	手套（棒球的）
22.	*けんこう	［健康］	形容詞 2	健康
23.	'こおり	［氷］	名詞	冰
24.	*ことり	［小鳥］	名詞	小鳥
25.	*サンタクロース		名詞	聖誕老人
26.	*じゅう（体～）		接尾語	整個，全（～身）
27.	*スープ		名詞	湯
28.	する（長い髪をしている）		(他)動詞 3	留（～著長髮）
29.	*せっけん	［石けん］	名詞	肥皂
30.	せわ（～をする）	［世話］	名詞	照顧，關照，幫助（～）
31.	そんなに（～たくさん）		副詞	那麼（～多）
32.	だく	［抱く］	(他)動詞 I	抱，懷著，懷抱
33.	*たす	［足す］	(他)動詞 I	加上，增加，補

18 課
語彙

34.	* ちゅうし	[中止]	名詞	中止
35.	* つれていく	[連れていく]	(他)動詞1	帶去
36.	つれてくる	[連れてくる]	(他)動詞3	帶來
37.	* ディズニーランド		名詞	迪斯尼樂園
38.	* できる(テストが〜)		(自)動詞2	會解答(〜考題)
39.	* テスト		名詞	測驗
40.	* てん(試験の〜)	[点]	名詞	分數(考試的〜)
41.	* ど(マイナス10〜)	[度]	接尾語	度(零下10〜)
42.	* とける(雪が〜)	[解ける]	(自)動詞2	融化(雪〜)
43.	* とし(〜をとる)	[年]	名詞	年紀(上了〜)
44.	とぶ(猫が飛んでくる)	[飛ぶ]	(自)動詞1	跳(貓跳過來)
45.	とら		名詞	老虎
46.	ドラ	〈猫の名〉	名詞	朵拉(貓名)
47.	とりにく	[とり肉]	名詞	雞肉
48.	* とる(点を〜)	[取る]	(他)動詞1	得到(〜分)
49.	* とる(年を〜)	[取る]	(他)動詞1	增長(歲數〜)
50.	どんな(〜スポーツでもできる)		連体詞	什麼樣的(〜運動都會)
51.	* にがい	[苦い]	形容詞1	苦的,不愉快的,痛苦的
52.	* にんげん	[人間]	名詞	人類
53.	* ねむる	[眠る]	(自)動詞1	睡
54.	* はくぶつかん	[博物館]	名詞	博物館
55.	* ひく(10から1を〜)	[引く]	(他)動詞1	減(10〜1)
56.	* ピラミッド		名詞	金字塔
57.	ひるま	[昼間]	名詞	白天
58.	* プロやきゅう	[プロ野球]	名詞	職業棒球
59.	ほそながい	[細長い]	形容詞1	細長的
60.	ボタン(リモコンの〜)		名詞	按鈕(遙控器的〜)
61.	マイナス(〜10度)		名詞	零下(〜10度)
62.	もよう	[模様]	名詞	花樣,樣子,狀況
63.	やさしい(〜顔)	[優しい]	形容詞1	溫柔的(〜表情)
64.	やる(猫にとり肉を〜)		(他)動詞1	餵(把雞肉〜給貓。)
65.	* やわらかい	[軟らかい]	形容詞1	柔軟的,溫和的
66.	* ゆうがた	[夕方]	名詞	傍晚
67.	* よろこぶ	[喜ぶ]	(自)動詞1	欣喜,高興
68.	* リモコン		名詞	遙控器
69.	* りょうきん	[料金]	名詞	費用,手續費

18 課
語彙

言い方
(い かた)

(handwritten: V₃＋と/眠い、だ→様、様 V₃)

1 • 春になると桜が咲きます。(⇨ 表 1)
 (はる)　　　　　(さくら さ)　　　　　　　　(ひょう)

 ○ 駅に近いと便利です。
 (えき)(ちか)　(べんり)

 ○ 果物は新鮮だとおいしいです。
 (くだもの)(しんせん)

 ○ いい天気だと富士山が見えます。
 　　(てんき)　(ふじさん)(み)

 ○ 春にならないと桜は咲きません。
 (はる)　　　　　　　(さくら さ)

 ○ 駅に近くないと不便です。
 (えき)(ちか)　　　(ふべん)

 ○ 果物は新鮮でないとおいしくありません。
 (くだもの)(しんせん)

 ○ いい天気でないと富士山は見えません。
 　　(てんき)　　　　(ふじさん)(み)

 (handwritten: 入気ではない)

2 • この薬を飲むと、眠くなりますか。 *(handwritten: 一呼干な、)*
 (くすり)(の)　(ねむ)

 　　いいえ、この薬を飲んでも、眠くなりません。
 　　　　　　(くすり)(の)　　(ねむ)

 　　(handwritten: はい、この薬を飲むと、眠くなります。(⇨ 表 1))
 　　　　　　　　　　　　　　　　　　　　　　(ひょう)

 ○ あなたは静かでないと、寝られませんか。
 　　　　(しず)　　　(ね)

 　　いいえ、わたしは静かでなくても、寝られます。
 　　　　　　　　　(しず)　　　　(ね)

(handwritten: 連体詞)

3 • あの人はどんなスポーツでもできます。
 (ひと)

 (handwritten: → 付着在人身上的器官の構造)

4 • あの人は長い髪をしています。
 (ひと)(なが)(かみ)

 (handwritten: 有怎样的特征处)

⑤ ・ この川の水は氷のように冷たいです。

・ 正男さんは女の子のような声をしています。

○ あの雲の形は象のようです。

6 ○ わたしはゆうべお酒を飲み過ぎました。

○ この靴は大き過ぎます。

○ この問題は簡単過ぎます。

・ たばこの吸い過ぎは良くありません。

7 ・ わたしのうちから学校まで二時間もかかります。

8 ・ わたしのうちには猫が五匹います。

そんなにたくさんいるのですか。

（表１）

		～と	～ても
動詞	なる	なると	なっても
	ならない	ならないと	ならなくても
形容詞 I	近い	近いと	近くても
	近くない	近くないと	近くなくても
形容詞 II	元気だ	元気だと	元気でも
	元気ではない	元気でないと	元気でなくても
名詞	子供だ	子供だと	子供でも
	子供ではない	子供でないと	子供でなくても

トラは夜になるといつも妹の部屋へ行きます

（水野さんのうちで）

マリア：かわいい猫ですね。名前は何というのですか。

水　野：トラです。

マリア：どうしてトラというのですか。

水　野：とらのような模様だからです。マリアさんは猫が
　　　　好きですか。

マリア：ええ、国のうちには猫が五匹もいます。

水　野：そんなにたくさんいるのですか。

マリア：ええ。トラはやさしそうな顔をしていますね。
　　　　ちょっと抱いてもいいですか。

水　野：どうぞ。

マリア：重いですね。

水　野：ええ、ちょっと太り過ぎなのです。

18課
会話文

マリア：どんなものが好きなのですか。

水野：魚です。特にかつおの缶詰が好きで、缶を開けると飛んできます。とり肉は嫌いで、やってもあまり食べません。

マリア：世話は大変でしょう。だれが世話をするのですか。

水野：妹の春子がしています。春子はトラを自分の妹のようにかわいがっています。トラは夜になるといつも春子の部屋へ行きます。そして、一緒に寝ています。わたしの部屋へ連れてきても、すぐ春子の部屋へ行ってしまいます。

マリア：そうですか。いつもうちの中にいるのですか。

水野：いいえ、昼間は出たり入ったりしています。トラはどんなドアでも自分で開けることができるのですよ。

マリア：本当ですか。頭がいいのですね。

会話文

新しい漢字

顔	重い	太り過ぎ	開ける	とり肉	世話
かお	おも	ふと　す	あ	にく	せわ

妹	春子	連れてくる	頭
いもうと	はるこ	つ	あたま

新しい読み方

水野	部屋	昼間
みずの	へや	ひるま

— 59 —

トラは よるに なると いつも いもうとの へやへ いきます

(みずのさんの うちで)

マリア：かわいい ねこですね。 なまえは なんと いうの ですか。

みずの：トラです。

マリア：どうして トラと いうのですか。

みずの：とらの ような もようだからです。マリアさんは ねこが すきですか。

マリア：ええ、くにの うちには ねこが ごひきも います。

みずの：そんなに たくさん いるのですか。

マリア：ええ。トラは やさしそうな かおを して いますね。ちょっと だいても いいですか。

みずの：どうぞ。

マリア：おもいですね。

みずの：ええ、ちょっと ふとりすぎなのです。

マリア：どんな ものが すきなのですか。

みずの：さかなです。どくに かつおの かんづめが すきで、かんを あけると とんで きます。とりにくは きらいで、やっても あまり たべません。

マリア：せわは　たいへんでしょう。　だれが　せわを
　　　　する　のですか。

みずの：いもうとの　はるこが　して　います。　はるこは
　　　　トラを　じぶんの　いもうとの　ように　かわいがって
　　　　います。トラは　よるに　なると　いつも　はるこの
　　　　へやへ　いきます。　そして、いっしょに
　　　　ねて　います。わたしの　へやへ　つれて　きても、
　　　　すぐ　はるこの　へやへ　いって　しまいます。

マリア：そうですか。　いつも　うちの　なかに
　　　　いる　のですか。

みずの：いいえ、　ひるまは　でたり　はいったり
　　　　して　います。トラは　どんな　ドアでも　じぶんで
　　　　あける　ことが　できる　のですよ。

マリア：ほんとうですか。あたまが　いいのですね。

19　電気ストーブが一台あれば、大丈夫だろうと思います
でんき　　　　　　　　ちょういちだい　みかけ　　　だいじょうぶ　　　おも

1. *あさくさ	[浅草] 〈地名〉	名詞	淺草（地名）
2. *あじ／匂い	[味]	名詞	味道，滋味
3. あと（～で出しておく）	[後で]	名詞	等會兒（～拿出來）
4. あら		感動詞	唉呀！
5. えきまえ	[駅前]	名詞	車站前
6. *いそぐ	[急ぐ]	(自)動詞Ⅰ	趕快
7. おしいれ	[押し入れ]	名詞	壁櫥
8. *おとな	[大人]	名詞	成人
9. *かいぎ	[会議]	名詞	會議
10. *カウンター		名詞	櫃台
11. *がっか	[学科]	名詞	學科
12. かわる	[変わる]	(自)動詞Ⅰ	改變・變化
13. きゅうに	[急に]	副詞	突然
14. *きゅうりょう	[給料]	名詞	薪水
15. *きょうし	[教師]	名詞	教師
16. げんき（～がない）	[元気]	名詞	精神（沒有～）
17. *けんこうほけんしょう	[健康保険証]	名詞	健康保險書
18. *こたえ	[答え]	名詞	回答
19. *ことわる（嫌だから～）	[断る]	(他)動詞Ⅰ	拒絕（由於討厭而～）
20. *こんなに（～たくさん）		副詞	這麼（～多）
21. サービス		名詞	服務
22. *しお	[塩]	名詞	鹽
23. *しっかり		副詞	確實・可靠・堅固
24. *しゅしょう	[首相]	名詞	首相
25. *じゅんび	[準備]	名詞	準備
26. *しょうかいする	[紹介する]	(他)動詞3	介紹
27. しょうてんがい	[商店街]	名詞	商店街
28. *しょっき	[食器]	名詞	餐具
29. *すいえい	[水泳]	名詞	游泳

19課
語彙

30.	* スパゲティー		名詞	義大利麵
31.	する（部屋を暖かく～）		(他)動詞3	使（～房間暖和起來。）
32.	* せいせき	［成績］	名詞	成績
33.	* せんもんがっこう	［専門学校］	名詞	專科學校
34.	* たいいくかん	［体育館］	名詞	體育館
35.	* たいかい（スポーツ～）	［大会］	名詞	大會（運動～）
36.	* たいふう	［台風］	名詞	颱風
37.	だす（かばんから～）	［出す］	(他)動詞 I	拿出（從書包裏～）
38.	* チョコレート		名詞	巧克力
39.	* できる（準備が～）		(自)動詞2	好了（準備～）
40.	’てつだう	［手伝う］	(他)動詞 I	幫忙
41.	* トランプ		名詞	撲克牌
42.	とる（忘れ物を取りに行く）	［取る］	(他)動詞 I	拿（去～忘了拿的東西。）
43.	* とる（免許を～）	［取る］	(他)動詞 I	取得（～執照）
44.	* なおる（風邪が～）	［治る］	(自)動詞 I	痊癒（感冒～）
45.	* にがて	［苦手］	形容詞2	不擅於
46.	’ハイキング		名詞	郊遊
47.	’はじめる	［始める］	(他)動詞2	開始
48.	* はなみ	［花見］	名詞	賞花
49.	* はんぶん	［半分］	名詞	一半
50.	* ひく（辞書を～）	［引く］	(他)動詞 I	查看（～辭典）
51.	* ビデオ		名詞	錄放影機
52.	* ひどい		形容詞 I	糟的，殘酷的，嚴重的
53.	* ひま（～がある）	［暇］	名詞	空閒（有～）
54.	* ファッション		名詞	時裝，流行
55.	* めんきょ	［免許］	名詞	執照，許可
56.	もし（～良かったら）		副詞	如果（～好的話）
57.	もっと（～寒くなる）		副詞	更（變得～冷）
58.	* ゆっくり		副詞	從容的，慢吞吞的
59.	* よふかし	［夜更かし］	名詞	熬夜
60.	* わりびき（ I ～）	［割引］	名詞	打折・折扣（9～）

19課 語彙

言い方
（いいかた）

V₅ +ば 程論性假設

1 ● 一生懸命練習すれば、上手になります。（⇒ 表1）
（いっしょうけんめい）（れんしゅう）　　　（じょうず）　　　　　　　（ひょう）

○ 練習しなければ、上手になりません。
（れんしゅう）　　　　　（じょうず）

○ 天気が良ければ、行くつもりです。
（てんき）（よ）　（い）

○ 天気が良くなければ、行きません。
（てんき）（よ）　　　　（い）

○ 日本語が上手なら、このアルバイトはできるでしょう。
（にほんご）（じょうず）

○ 日本語が上手でなければ、このアルバイトはできないでしょう。
（にほんご）（じょうず）

○ あしたいい天気なら、わたしは山に登ります。
（てんき）　　　　　（やま）（のぼ）

○ あしたいい天気でなければ、わたしは山に登りません。
（てんき）　　　　　　　　（やま）（のぼ）

2 ○ 雨が降ったら、ハイキングはやめましょう。（⇒ 表1）
（あめ）（ふ）　　　　　　　　　　　　　　（ひょう）

○ 雨が降らなかったら、ハイキングに行きましょう。
（あめ）（ふ）　　　　　　　　　　　（い）

● 忙しかったら、来なくてもいいですよ。
（いそが）　　　（こ）

○ 忙しくなかったら、ちょっと手伝ってください。
（いそが）　　　　　　　　　　（てつだ）

○ おすしが好きだったら、たくさん食べてください。
（す）　　　　　　　（た）

○ おすしが好きでなかったら、サンドイッチを持ってきます。
（す）　　　　　　　　　　　　　　（も）

● あしたいい天気だったら、散歩に行きませんか。
（てんき）　　　　（さんぽ）（い）

○ あしたいい天気でなかったら、部屋で音楽を聴きましょう。
（てんき）　　　　　　　　（へや）（おんがく）（き）

3 ● 夏休みになったら、国へ帰るつもりです。
（なつやす）　　　　　（くに）（かえ）

同主語又能用たら

4 • わたしは来年スペインへ行くつもりです。

　　スペインへ行くなら、早くスペイン語の勉強を始めなさい。

5 • 風邪を引いたときは早く寝た方がいいですよ。

　○ この肉はもう古いから食べない方がいいです。

6 • ラジオの音を小さくしました。

　○ 机の上をきれいにしてください。

7 • 駅前のレストランは安くておいしいですね。

　　ええ、あそこへはわたしもよく行きます。

　○ 去年の春、一緒に鎌倉へ行きましたね。

　　ええ、あのときは楽しかったですね。

（表1）

		～ば／～なら	～たら
動詞	行く	行けば	行ったら
	寝る	寝れば	寝たら
	来る	来れば	来たら
	来ない	来なければ	来なかったら
形容詞I	安い	安ければ	安かったら
	安くない	安くなければ	安くなかったら
形容詞II	静かだ	静かなら	静かだったら
	静かではない	静かでなければ	静かでなかったら
名詞	子供だ	子供なら	子供だったら
	子供ではない	子供でなければ	子供でなかったら

— 65 —

電気ストーブが一台あれば、大丈夫だろうと思います

(道で)

中川：シンさん、おはようございます。

シン：おはようございます。

中川：あら、元気がありませんね。／ないですね

シン：ええ、風邪を引いたのかもしれません。急に寒く
　　　なりましたから。

中川：これからもっと寒くなります。外を歩くときは
　　　もっとたくさん着た方がいいですよ。それから、
　　　部屋も暖かくした方がいいですよ。ストーブは
　　　あるのですか。

19課
会話文

シン：いいえ、まだないんです。今度の日曜日に秋葉原へ
　　　買いに行こうと思っています。秋葉原へ行けば安く
　　　買えるそうですね。

中川：パソコンやテレビだったら秋葉原がいいでしょうが、
　　　ストーブを買うなら近くの店がいいですよ。値段は
　　　変わらないと思います。

シン：そうですか。この近くにいい店がありますか。

中川：駅前の商店街にありますよ。
なか がわ えきまえ しょうてんがい

シ　ン：ああ、花屋の隣ですね。
はなや となり

中川：ええ、あそこは安いし、サービスもいいですよ。
なか がわ やす

　　　シンさんはどんなストーブが欲しいのですか。
ほ

シ　ン：電気ストーブを買おうと思っています。部屋が狭い
でんき か おも へや せま

　　　から、電気ストーブが一台あれば大丈夫だろうと
でんき いちだい だいじょうぶ

　　　思います。
おも

中川：電気ストーブなら、うちに使わないのが一台ありま
なか がわ でんき つか いちだい

　　　す。もし良かったら、使ってください。
よ つか

シ　ン：えっ、いいのですか。

中川：ええ、どうぞ。後で押し入れから出しておきますか
なか がわ あと お い だ

　　　ら、取りに来てください。
と き

シ　ン：今日行ってもいいですか。
きょう い

中川：いいですよ。
なか がわ

シ　ン：じゃあ、学校が終わったらすぐ行きますから、よろ
がっこう お い

　　　しくお願いします。
ねが

新しい漢字
あたら　かんじ

中川	急に	寒い	歩く	暖かい	秋葉原	花屋
なかがわ	きゅう	さむ	ある	あたた	あきはばら	はなや

使う	押し入れ	取る	お願い
つか	おい	と	ねが

新しい読み方
あたら　よ　かた

変わる	押し入れ
か	おい

19課
会話文

— 67 —

でんきストーブが　いちだい　あれば、だいじょうぶだろうとおもいます

（みちで）

なかがわ：シンさん、おはようございます。

シ　　ン：おはようございます。

なかがわ：あら、げんきが　ありませんね。

シ　　ン：ええ、かぜを　ひいたのかも　しれません。きゅうに　さむく　なりましたから。

なかがわ：これから　もっと　さむく　なります。そとをあるく　ときは　もっと　たくさん　きた　ほうが　いいですよ。それから、へやも　あたたかくした　ほうが　いいですよ。ストーブはあるのですか。

シ　　ン：いいえ、まだ　ないんです。こんどの　にちようびにあきはばらへ　かいに　いこうと　おもっています。　あきはばらへ　いけば　やすくかえるそうですね。

なかがわ：パソコンや　テレビだったら　あきはばらがいいでしょうが、ストーブを　かうなら　ちかくのみせが　いいですよ。ねだんは　かわらないとおもいます。

シ ン：そうですか。この ちかくに いい みせが
　　　　　ありますか。

なかがわ：えきまえの しょうてんがいに ありますよ。

シ ン：ああ、はなやの となりですね。

なかがわ：ええ、あそこは やすいし、サービスも いいで
　　　　　すよ。シンさんは どんな ストーブが ほしい
　　　　　のですか。

シ ン：でんきストーブを かおうと おもって います。
　　　　　へやが せまいから、でんきストーブが いちだ
　　　　　い あれば だいじょうぶだろうと おもいます。

なかがわ：でんきストーブなら、うちに つかわないのが
　　　　　いちだい あります。もし よかったら、つかっ
　　　　　て ください。

シ ン：えっ、いいのですか。

なかがわ：ええ、どうぞ。あとで おしいれから だして
　　　　　おきますから、とりに きて ください。

シ ン：きょう いっても いいですか。

なかがわ：いいですよ。

シ ン：じゃあ、がっこうが おわったら すぐ いきま
　　　　　すから、よろしく おねがいします。

20 田中さんが教えてくれました
たなか　　　　おし

1.	* あく（席が〜）	［空く］	(自)動詞 I	空的（座位〜）
2.	* あげる（手を〜）	［挙げる］	(他)動詞 2	舉（〜手）
3.	あんしん	［安心］	形容詞 2	安心，放心
4.	いっしょ（田中さんが〜です）	［一緒］	名詞	一起（田中先生〜）
5.	* おおゆき	［大雪］	名詞	大雪
6.	* おくる（国のお菓子を〜）	［送る］	(他)動詞 I	送（〜本國的糕點）
7.	* おじいさん（あの人の〜）		名詞	祖父，爺爺（他的〜）
8.	おんせん	［温泉］	名詞	温泉
9.	かす	［貸す］	(他)動詞 I	借出，出租
10.	けん（長野〜）	［県］	名詞	縣（長野〜）
11.	* ごちそうする		(他)動詞 3	以佳餚款待，請客
12.	* しょうたいする	［招待する］	(他)動詞 3	招待
13.	* しらせる	［知らせる］	(他)動詞 2	通知
14.	すべる	［滑る］	(自)動詞 I	滑，滑溜，滑倒
15.	* すみません（時間に遅れて〜）		その他	對不起（遲到了，〜。）
16.	* する（親切に〜）		(自)動詞 3	做（待人親切）
17.	ぜんぜん（〜できない）	［全然］	副詞	完全（〜不會）
18.	それなら（田中さんも行くのですか。〜、安心です）			那樣的話（田中先生也要
			接続詞	去嗎？〜，我就安心了。）
19.	* ちょうちょう（〜が飛ぶ）		名詞	蝴蝶（〜飛舞）
20.	* とうきょうタワー	［東京タワー］	名詞	東京鐵塔
21.	どうぐ	［道具］	名詞	工具
22.	* なおす（作文を〜）	［直す］	(他)動詞 I	批改（〜作文）
23.	ながの	［長野］〈地名〉	名詞	長野（地名）
24.	ながのけん	［長野県］	名詞	長野縣
25.	* なく（猫が〜）	［鳴く］	(自)動詞 I	鳴叫（貓〜）
26.	* なくす（財布を〜）		(他)動詞 I	弄丟（把錢包〜）
27.	* なくなる（人が〜）	［亡くなる］	(自)動詞 I	死去（人〜）
28.	のざわ	［野沢］〈地名〉	名詞	野澤（地名）

20課
語彙

— 70 —

29.	* ひっこし	[引っ越し]	名詞	搬家
30.	ふぶき	[吹雪]	名詞	大風雪，暴風雪
31.	* まちがい	[間違い]	名詞	錯誤，不準確
32.	* みせる	[見せる]	(他動詞2	給人看
33.	めいわく	[迷惑]	形容詞2	麻煩，為難
34.	* やくそく	[約束]	名詞	約定
35.	* ゆずる(席を～)	[譲る]	(他動詞I	讓（～位）
36.	よてい	[予定]	名詞	預定
37.	* よぶ(名前を～)	[呼ぶ]	(他動詞I	叫（～名字）

20課
語彙

言い方

1 ● ラヒムさんはアンナさんの荷物を持ってあげました。
　　　　　　　　　　　　にもつ　も

2 ● 父はわたしに時計を買ってくれました。
　　ちち　　　　　とけい　か

3 ● わたしは田中さんに写真を撮ってもらいました。
　　　　　　たなか　　しゃしん　と

4 ○ 大学に合格できてとてもうれしいです。
　　だいがく　ごうかく

　　○ ゆうべは暑くて眠れませんでした。
　　　　　　あつ　　ねむ

　　○ わたしは字が下手で恥ずかしいです。
　　　　　　　じ　へた　　は

　　● 言葉が分からなくて困りました。
　　　ことば　わ　　　　　こま

5 ● わたしは昨日風邪で学校を休みました。
　　　　　　きのう　かぜ　かっこう　やす

6 ● あした試験があるのに、あの人は遊んでいます。
　　　　　しけん　　　　　　　　ひと　あそ

　　○ あの人は歌が上手なのに、あまり歌いません。
　　　　ひと　うた　じょうず　　　　　　うた

　　○ もうお昼なのに、あの人はまだ寝ています。
　　　　　　ひる　　　　　ひと　　　ね

7 ● 友達に手紙を出したら、すぐ返事が来ました。
　　○うちへ帰ったら、手紙が来ていました。

8 ● 定期券を落としてしまったのですが、どうしたらいい
　　ですか。

9 ● 定期券を落としてしまったのですが、どうしたらいいで
　　しょうか。
　　○先に帰ってもいいでしょうか。
　　　　ええ、いいですよ。

10 ● あした鎌倉へ行くんです。
　　　そうですか。いい天気だといいですね。

田中さんが教えてくれました

（寮のロビーで）

水野：アンナさん、あなたは冬休みに何か予定がありますか。

アンナ：いいえ、別にありません。

水野：わたしは今月の二十二日から三日間友達とスキーに
　　　行くのですが、 もし良かったら、 あなたも一緒に
　　　行きませんか。

アンナ：行ってもいいのですか。わたしは全然できないので
　　　すが、迷惑ではありませんか。

水野：そんなことはありません。初めての人もいますから、
　　　大丈夫ですよ。

アンナ：すぐ滑れるようになるでしょうか。

水野：ええ。わたしは去年初めてスキーに行きましたが、
　　　一日練習したら、滑れるようになりました。

アンナ：だれか教えてくれる人がいたのですか。

水　野：ええ、田中さんが教えてくれました。今度も田中さんが一緒だから、あなたも教えてもらえますよ。

アンナ：田中さんも行くのですか。　それなら安心ですね。スキーの道具や服はどうしたらいいでしょうか。

水　野：道具はホテルで借りられます。服は妹が持っていますから、それを貸してあげますよ。

アンナ：それでは、わたしも連れていってください。場所はどこですか。

水　野：長野県の野沢という所です。温泉もありますよ。

アンナ：水野さんは去年もそこへ行ったのですか。

水　野：ええ。でも、一日は全然滑れませんでした。

アンナ：どうしてですか。

水　野：吹雪で外に出ることができなかったからです。もっと練習したかったのに、滑れなくて残念でした。

アンナ：そうですか。今年はずっといい天気だといいですね。

新しい漢字

| 予定 | 友達 | 練習 | 道具 | 服 | 借りる |
| よてい | ともだち | れんしゅう | どうぐ | ふく | か |

| 貸す | 長野県 | 温泉 | 吹雪 | 天気 |
| か | ながのけん | おんせん | ふぶき | てんき |

新しい読み方

| 三日間 | 教える | 安心 | 所 | 外 | 今年 |
| みっかかん | おしえる | あんしん | ところ | そと | ことし |

たなかさんが おしえて くれました

（りょうの ロビーで）

みずの：アンナさん、あなたは ふゆやすみに なにか
よていが ありますか。

アンナ：いいえ、べつに ありません。

みずの：わたしは こんげつの にじゅうにちから
みっかかん ともだちと スキーに いくのですが、
もし よかったら、あなたも いっしょに
いきませんか。

アンナ：いっても いいのですか。わたしは ぜんぜん
できないのですが、めいわくでは ありませんか。

みずの：そんな ことは ありません。はじめての ひとも
いますから、だいじょうぶですよ。

アンナ：すぐ すべれるように なるでしょうか。

みずの：ええ。わたしは きょねん はじめて スキーに
いきましたが、いちにち れんしゅうしたら、
すべれるように なりました。

アンナ：だれか おしえて くれる ひとが いたのですか。

みずの：ええ、たなかさんが おしえて くれました。
こんども たなかさんが いっしょだから、
あなたも おしえて もらえますよ。

アンナ：たなかさんも　いくのですか。それなら　あんしん
　　　　です_ね。スキーの　どうぐや　ふくは　どうしたら
　　　　いいでしょうか。
みずの：どうぐは　ホテルで　かりられます。ふくは
　　　　いもうとが　もって　いますから、それを　かして　あ
　　　　げますよ。
アンナ：それでは、わたしも　つれて　いって　ください。
　　　　ばしょは　どこですか。
みずの：ながのけんの　のざわと　いう　ところです。
　　　　おんせんも　ありますよ。
アンナ：みずのさんは　きょねんも　そこへ　いったのですか。
みずの：ええ。でも、いちにちは　ぜんぜん　すべれません
　　　　でした。
アンナ：どうしてですか。
みずの：ふぶきで　そとに　でる　ことが　できなかったか
　　　　らです。　もっと　れんしゅうしたかったのに、
　　　　すべれなくて　ざんねんでした。
アンナ：そうですか。ことしは　ずっと　いい　てんきだと
　　　　いいですね。

21 自転車を盗まれたらしいです
じてんしゃ　ぬす

1.	*あいだ(二つの駅の〜)	[間]	名詞	中間（兩個車站〜）
2.	*いりぐち	[入口]	名詞	入口
3.	*うけつけ(願書の〜)	[受け付け]	名詞	受理（申請書的〜）
4.	うけとる	[受け取る]	(他)動詞 I	收，領
5.	うつす	[移す]	(他)動詞 I	移動，轉移
6.	*えいがかん	[映画館]	名詞	電影院
7.	*おこす(人を〜)	[起こす]	(他)動詞 I	叫醒（把人〜）
8.	'おこなう	[行う]	(他)動詞 I	舉行，實行，進行
9.	*おこる	[怒る]	(自)動詞 I	生氣，責備，申斥
10.	*おしり		名詞	臀部
11.	かえり	[帰り]	名詞	回去
12.	*かた	[肩]	名詞	肩
13.	*かむ		(他)動詞 I	咬
14.	*きもち	[気持ち]	名詞	心情
15.	きょかする	[許可する]	(他)動詞 3	許可
16.	きんしする	[禁止する]	(他)動詞 3	禁止
17.	く	[区]	名詞	區
18.	けいさつ	[警察]	名詞	警察
19.	*ごうかくしゃ	[合格者]	名詞	合格者
20.	*コンピューター		名詞	電腦
21.	*サイレン		名詞	汽笛，警笛
22.	さがす(財布を〜)	[捜す]	(他)動詞 I	找（〜錢包）
23.	さっそく		副詞	立刻，馬上
24.	*しかる		(他)動詞 I	罵，叱責，責備
25.	じつは	[実は]	副詞	老實說，實際上
26.	*しっぱいする	[失敗する]	(自)動詞 3	失敗
27.	*しつもんする	[質問する]	(他)動詞 3	問問題
28.	*していする	[指定する]	(他)動詞 3	指定
29.	*しばらく(〜待つ)		副詞	暫時（〜等待）

30.	*しめきる（受け付けを～）	[締め切る]	(他)動詞Ⅰ	截止（～受理）
31.	*じゅぎょうちゅう	[授業中]	名詞	正在上課
32.	*しょうぼうしゃ	[消防車]	名詞	消防車
33.	*しんにゅうせい	[新入生]	名詞	新生，新鮮人
34.	'そつぎょうしき	[卒業式]	名詞	畢業典禮
35.	*たすける	[助ける]	(他)動詞2	幫助，救助
36.	*たたく		(他)動詞Ⅰ	打，敲，詢問，請教
37.	*たてる（ビルを～）	[建てる]	(他)動詞2	建，蓋（～大廈）
38.	ちゃんと		副詞	確實的，好好地
39.	ちゅういする（遅れないようにと～）			提醒，警告（～不可
		[注意する]	(自)動詞3	遲到）
40.	てまえ（駅の～）	[手前]	名詞	這邊（車站的～）
41.	*とし	[都市]	名詞	都市
42.	*とつぜん	[突然]	副詞	突然
43.	とどけ（～を出す）	[届け]	名詞	申報書（提出～）
44.	*とる（人のかばんを～）	[取る]	(他)動詞Ⅰ	拿、偷（～別人的皮包。)
45.	なくなる（財布が～）		(自)動詞Ⅰ	丟掉，遺失（～錢包）
46.	*ならす	[鳴らす]	(他)動詞Ⅰ	弄響
47.	*にっき	[日記]	名詞	日記
48.	*にゅうがくしき	[入学式]	名詞	入學典禮
49.	ぬすむ	[盗む]	(他)動詞Ⅰ	偷，盜竊
50.	*はっこうする	[発行する]	(他)動詞3	發行
51.	*はっぴょうする	[発表する]	(他)動詞3	發表
52.	*ばん	[晩]	名詞	晚上
53.	*ひあたり	[日当たり]	名詞	陽光照射（處）
54.	*びっくりする		(自)動詞3	驚訝，嚇一跳，吃驚
55.	*ひらく（パーティーを～）	[開く]	(他)動詞Ⅰ	舉辦（～宴會）
56.	*ふむ	[踏む]	(他)動詞Ⅰ	踏，踩
57.	*ほうそうする	[放送する]	(他)動詞3	廣播
58.	ほかんばしょ	[保管場所]	名詞	寄放處
59.	'ほめる		(他)動詞2	褒獎，表揚，稱讚
60.	*まいつき	[毎月]	名詞	每月

61.	'まいとし	[毎年]	名詞	毎年
62.	*まご	[孫]	名詞	孫子女
63.	*むだ	[無駄]	形容詞2	徒勞・無用
64.	*もんだい(都市の〜)	[問題]	名詞	問題（都市的〜）
65.	*やぶる(ノートを〜)	[破る]	(他)動詞1	弄破・撕裂（〜筆記）
66.	*やめる(会社を〜)	[辞める]	(他)動詞2	辭去（〜公司）
67.	よこ	[横]	名詞	橫
68.	*よごす	[汚す]	(他)動詞1	弄髒
69.	*よぶ(学生を職員室に〜)	[呼ぶ]	(他)動詞1	喚來・叫來（把學生〜教師辦公室。）
70.	*よみかた	[読み方]	名詞	讀法
71.	*ラーメンや	[ラーメン屋]	名詞	拉麵店
72.	*わすれもの	[忘れ物]	名詞	失物・遺忘的東西

21 課
語彙

言い方
<ruby>言<rt>い</rt></ruby>い<ruby>方<rt>かた</rt></ruby>

1。わたしは<ruby>先生<rt>せんせい</rt></ruby>にほめられました。（⇒<ruby>表<rt>ひょう</rt></ruby>１）

（<ruby>先生<rt>せんせい</rt></ruby>はわたしをほめました。）

・わたしは<ruby>父<rt>ちち</rt></ruby>に「すぐ<ruby>国<rt>くに</rt></ruby>へ<ruby>帰<rt>かえ</rt></ruby>りなさい。」と<ruby>言<rt>い</rt></ruby>われました。

（<ruby>父<rt>ちち</rt></ruby>はわたしに「すぐ<ruby>国<rt>くに</rt></ruby>へ<ruby>帰<rt>かえ</rt></ruby>りなさい。」と<ruby>言<rt>い</rt></ruby>いました。）

・わたしは<ruby>兄<rt>あに</rt></ruby>にケーキを<ruby>食<rt>た</rt></ruby>べられてしまいました。

（<ruby>兄<rt>あに</rt></ruby>はわたしのケーキを<ruby>食<rt>た</rt></ruby>べてしまいました。）

。わたしは<ruby>雨<rt>あめ</rt></ruby>に<ruby>降<rt>ふ</rt></ruby>られて<ruby>困<rt>こま</rt></ruby>りました。

（<ruby>雨<rt>あめ</rt></ruby>が<ruby>降<rt>ふ</rt></ruby>ったので、わたしは<ruby>困<rt>こま</rt></ruby>りました。）

・わたしは<ruby>隣<rt>となり</rt></ruby>の<ruby>人<rt>ひと</rt></ruby>にピアノを<ruby>弾<rt>ひ</rt></ruby>かれると、うるさくて<ruby>勉強<rt>べんきょう</rt></ruby>できません。

（<ruby>隣<rt>となり</rt></ruby>の<ruby>人<rt>ひと</rt></ruby>がピアノを<ruby>弾<rt>ひ</rt></ruby>くと、わたしはうるさくて<ruby>勉強<rt>べんきょう</rt></ruby>できません。）

2・<ruby>毎年三月<rt>まいとしさんがつ</rt></ruby>に<ruby>卒業式<rt>そつぎょうしき</rt></ruby>が<ruby>行<rt>おこな</rt></ruby>われます。

（<ruby>毎年三月<rt>まいとしさんがつ</rt></ruby>に<ruby>卒業式<rt>そつぎょうしき</rt></ruby>を<ruby>行<rt>おこな</rt></ruby>います。）

3 ○先生は学生に日本語で話す<u>ように</u>と言<u>い</u>ました。

  • 医者は田中さんにたばこを吸い過ぎない<u>ように</u>と言<u>い</u>ました。

  ○わたしは弟に早くうちへ帰る<u>ように</u>言いました。

(handwritten: V3 表示有根據的推測)

4 • 道がぬれています。ゆうべ雨が降った<u>らし</u>いです。

  ○あの人はすしを食べません。すしが嫌い<u>らしいです</u>。

  ○あの人はマリアさんの恋人<u>らしいです</u>。いつも二人は一緒にいます。

(handwritten: Nらしい)

5 • 試験は今日<u>じゃ</u>ありません。あしたです。

（表１）

	辞書の形 じしょ　かたち	受身の動詞 うけみ　どうし
動詞 I	き<u>く</u>（聞く） はな<u>す</u>（話す） よ<u>む</u>（読む） ふ<u>る</u>（降る） い<u>う</u>（言う）	き<u>か</u>れる はな<u>さ</u>れる よ<u>ま</u>れる ふ<u>ら</u>れる い<u>わ</u>れる
動詞 II	み<u>る</u>（見る） たべ<u>る</u>（食べる）	み<u>られる</u> たべ<u>られる</u>
動詞 III	<u>く</u>る（来る） <u>す</u>る	<u>こ</u>られる <u>さ</u>れる

自転車を盗まれたらしいです
じ てんしゃ　ぬす

↻ （道で）
　　　みち

シ　ン：おはようございます。

中　川：おはようございます。今日は自転車じゃないんですか。
なか　がわ　　　　　　　　　　　　　　きょう　じ てんしゃ

シ　ン：ええ、今日は歩いて行きます。実は自転車がなく
　　　　　　　　きょう　ある　い　　　じっ　じ てんしゃ

　　　　なってしまったんです。
　　　　＋てしまう　一/可惜意思

中　川：えっ、どうしたんですか。怎麼了　　どうなりましたね 你是不是怎麼了
なか　がわ　　　　　　　　　　　　　　　　　　　どうしましたね 怎麼了

シ　ン：盗まれたらしいんです。
　　　　ぬす

中　川：どこで盗まれたんですか。
なか　がわ　　　　ぬす

シ　ン：先週の金曜日の朝、駅の前に止めておいたんですが、
　　　　せんしゅう　きんようび　あさ　えき　まえ　と　　　　　＋ておく

　　　　帰りに見たら、なかったんです。
　　　　かえ　　み　　　用這個状況（道在疏流）

中　川：かぎはかけてありましたか。
なか　がわ　　　　　　　　　＋てある 表示的状態、

シ　ン：ええ、ちゃんとかけました。

中　川：じゃあ、だれ(か)がかぎを壊して、乗って行って
なか　がわ　　　　　　　　　　　　　こわ　と　持續　　の　　い

　　　　しまったんでしょう。警察に届けを出しておいた方が
　　　　　　　　　　　　　けいさつ　とど　報警　だ　　　　ほう

　　　　いいですよ。捜してくれるかもしれませんから。
　　　　　　　　　さが

↻ （次の日）
　　　つぎ　ひ

シ　ン：中川さん、自転車ありましたよ。
　　　　なかがわ　　じ てんしゃ

中　川：良かったですね。どこにあったんですか。
なか　がわ　よ

シン：区の保管場所です。昨日中川さんに言われたので、
さっそく警察へ行ってみました。そうしたら、
駅前の自転車は先週区が全部保管場所に移したのだと
教えてくれました。駅の前に自転車を止めることは
禁止されているのだそうです。

中川：そうですか。盗まれたんじゃなかったんですね。

シン：ええ。自転車を受け取るとき、区の人から駅の前に
は自転車を止めないようにと注意されました。

中川：駅前に自転車を置かれると、歩く人は困りますからね。

シン：これからは、駅の手前の公園の横に自転車を止めま
す。あそこは許可されているそうですから。

中川：その方がいいですね。

新しい漢字
あたら　　かんじ

自転車	実は	区	保管場所	全部	移す	禁止
じ てん しゃ	じつ	く	ほ かん ば しょ	ぜん ぶ	うつ	きん し

注意	置く	横	許可
ちゅう い	お	よこ	きょ か

新しい読み方
あたら　　よ　かた

金曜日	禁止
きん よう び	きん し

じてんしゃを　ぬすまれたらしいです

（みちで）

シ　　ン：おはようございます。

なかがわ：おはようございます。きょうは　じてんしゃじゃ
　　　　　ないんですか。

シ　　ン：ええ、きょうは　あるいて　いきます。じつは
　　　　　じてんしゃが　なくなって　しまったんです。

なかがわ：えっ、どうしたんですか。

シ　　ン：ぬすまれたらしいんです。

なかがわ　どこで　ぬすまれたんですか。

シ　　ン：せんしゅうの　きんようびの　あさ、えきの
　　　　　まえに　とめて　おいたんですが、かえりに
　　　　　みたら、なかったんです。

なかがわ：かぎは　かけて　ありましたか。

シ　　ン：ええ、ちゃんと　かけました。

なかがわ：じゃあ、だれかが　かぎを　こわして、のって
　　　　　いって　しまったんでしょう。　けいさつに
　　　　　とどけを　だして　おいた　ほうが　いいですよ。
　　　　　さがして　くれるかも　しれませんから。

(つぎの　ひ)

シン：なかがわさん、じてんしゃ　ありましたよ。

なかがわ：よかったですね。どこに　あったんですか。

シン：くの　ほかんばしょです。　きのう　なかがわ
さんに　いわれたので、さっそく　けいさつへ
いって　みました。　そうしたら、えきまえの
じてんしゃは　せんしゅう　くが　ぜんぶ
ほかんばしょに　うつしたのだと　おしえて　くれました。
えきの　まえに　じてんしゃを　とめる　ことは
きんしされて　いるのだそうです。

なかがわ：そうですか。ぬすまれたんじゃ　なかったんですね。

シン：ええ。じてんしゃを　うけとる　とき、くの
ひとから　えきの　まえには　じてんしゃを
とめないようにと　ちゅういされました。

なかがわ：えきまえに　じてんしゃを　おかれると、
あるくひとは　こまりますからね。

シン：これからは、えきの　てまえの　こうえんの
よこに　じてんしゃを　とめます。
あそこは　きょかされて　いるそうですから。

なかがわ：その　ほうが　いいですね。

1.	あんしんする	[安心する]	(自)動詞3	放心
2.	いけん	[意見]	名詞	意見
3.	いない（600字〜）*いない* *以外←*	[以内]	名詞	以内（600字〜）
4.	うん（〜がいい）	[運]	名詞	運氣（〜好）
5.	えいぶん（〜を訳す）*やく*	[英文]	名詞	英文（翻譯〜）*AをBに訳す*
6.	＊おそく（〜まで働く）	[遅く]	名詞	晩（工作到〜）
7.	＊おどろく	[驚く]	(自)動詞1	驚訝
8.	おめでとうございます（合格〜）		その他	恭喜！（〜合格）
9.	’かえる（百円玉に〜）	[替える]	(他)動詞2	替換（〜成百圓硬幣）*りょうがえ 両替*
10.	＊かなしむ 〜に悲しむ	[悲しむ]	(他)動詞1	悲傷，感到悲痛
11.	きじ（新聞の〜）	[記事]	名詞	新聞，消息（報紙的〜）
12.	きっと		副詞	一定
13.	ごうかくする	[合格する]	(自)動詞3	合格
14.	’さつ（千円〜）	[札]	接尾語	紙鈔（千圓〜）
15.	じ（600〜）	[字]	接尾語	字（600〜）
16.	＊じこしょうかい	[自己紹介]	名詞	自我介紹
17.	しぼう（第一〜）	[志望]	名詞	志願（第一〜）
18.	＊しゃいん	[社員]	名詞	雇員・職員
19.	＊しゃちょうしつ	[社長室]	名詞	總經理室
20.	＊じょうだん	[冗談]	名詞	玩笑
21.	しょうろんぶん	[小論文]	名詞	小篇論文
22.	＊しりつだいがく	[私立大学]	名詞	私立大學 *しりつだいがく 市立大学*
23.	しんじる	[信じる]	(他)動詞2	相信
24.	＊しんぱいする	[心配する]	(他)動詞3	擔心
25.	＊する（病気を〜）		(他)動詞3	患（生病〜）
26.	せつめいする	[説明する]	(他)動詞3	說明
27.	だいいちしぼう	[第一志望]	名詞	第一志願
28.	たしかめる	[確かめる]	(他)動詞2	確定・確認 *かくにん 確認する*
29.	’だま（百円〜）	[玉]	接尾語	硬幣（百圓〜）

（大譯）
ほんやく
翻譯
つうやく
通譯
（口譯）

22課
語彙

— 88 —

30.	はじめ（〜に名前を書いてください）			開始，開頭（請在〜
		[初め]	名詞	寫上名字。）
31.	ばんごう	[番号]	名詞	號碼
32.	ほんとうに（〜夢のようだ）	[本当に]	副詞	真的（〜像夢一樣。）
33.	*むだづかい	[無駄遣い]	名詞	浪費
34.	*もうふ	[毛布]	名詞	毛毯
35.	やくす	[訳す]	(他)動詞Ⅰ	翻譯
36.	ゆめ（〜のようだ）	[夢]	名詞	夢（像〜一樣。）

22 課
語彙

1 ・ 先生はわたしに新聞を読ませました。（⇨ 表 Ｉ）
  _{せんせい} _{しんぶん} _よ _{ひょう}

  ○ 父は兄を銀行へ行かせました。
   _{ちち} _{あに} _{ぎんこう} _い

  ・ 田中さんは面白い話をして、わたしたちを笑わせました。
   _{た なか} _{おもしろ} _{はなし} _{わら}

    （田中さんは面白い話をしました。わたしたちは笑いま
     _{た なか} _{おもしろ} _{はなし} _{わら}

    した。）

2 ・ わたしは母に嫌いなにんじんを食べさせられました。
   _{はは} _{きら} _た

                                                （⇨ 表 Ｉ）
                                                  _{ひょう}

  ・ わたしは先生に立たされました。
   _{せんせい} _た

3 ・ 英文を日本語に訳してください。
   _{えいぶん} _{に ほん ご} _{やく}

  ・ 千円札を百 円玉に替えてください。
   _{せんえんさつ} _{ひゃくえんだま} _か

4 ・ あの大学に合格したのはあなたが初めてです。
   _{だいがく} _{ごうかく} _{はじ}

  ○ 新幹線に乗るのは今日が初めてです。
   _{しんかんせん} _の _{きょう} _{はじ}

✓有効期（限）

何人も
何日も
なんにち
何度も
ど
何冊も
さつ
何冊も

針対某問題争論不休
討論不停.
ダムの建設

5 • 冷蔵庫に卵が<u>いくつか</u>あります。
れいぞうこ　たまご

6 • あなたの趣味について書きなさい。
しゅみ　　　　　　　　　か

〜について
知る、考える、調べる、
いう、話す、書く、説明する

日本語は私にとって難しいです。

台湾人は日本人に対していい

「にとって」　「に対して」も親切です。

「について」就……、　対……而言　　対……
（以動作面向来看）　（外面的事対主体来論）　（主体対外・対事物）

（表１）
ひょう

	辞書の形 じしょ　かたち	使役の動詞 しえき　どうし	使役の受身の動詞 しえき　うけみ　どうし
動詞 どうし Ⅰ	よ<u>む</u>（読む） か<u>く</u>（書く） はな<u>す</u>（話す）	よ<u>ま</u>せる か<u>か</u>せる はな<u>さ</u>せる	（よ<u>ま</u>せられる）よ<u>ま</u>される （か<u>か</u>せられる）か<u>か</u>される はな<u>さ</u>せられる
動詞 どうし Ⅱ	たべ<u>る</u>（食べる）	たべ<u>さ</u>せる	たべ<u>さ</u>せられる
動詞 どうし Ⅲ	<u>く</u>る（来る） <u>す</u>る（する）	<u>こ</u>させる させる	<u>こ</u>させられる させられる

22課
言い方

— 91 —

新聞の記事を読まされました
しんぶん　きじ　よ

（職員室で）
しょくいんしつ

キムさんは第一志望の大学に合格しました。
だいいちしぼう　だいがく　ごうかく

山田：合格おめでとうございます。
やま　だ　ごうかく

キ　ム：どうもありがとうございます。

山田：あの大学に合格したのはあなたが初めてです。
やま　だ　だいがく　ごうかく　はじ

どんな試験でしたか。
しけん

キ　ム：日本語の小論文と英語と面接でした。
にほんご　しょうろんぶん　えいご　めんせつ

山田：日本語の小論文は難しかったですか。
やま　だ　にほんご　しょうろんぶん　むずか

キ　ム：わたしの国の経済について六百字以内で書かされま
くに　けいざい　ろっぴゃくじ　いない　か

した。時間が短くて、あまりよく書けませんでした。
じかん　みじか　か

山田：英語は。
やま　だ　えいご

キ　ム：英文を日本語に訳す問題が出ました。
えいぶん　にほんご　やく　もんだい　で

山田：そうですか。面接はどうでしたか。
やま　だ　めんせつ

キ　ム：初めに新聞の記事を読まされて、その記事の中の
はじ　しんぶん　きじ　よ　きじ　なか

言葉を説明させられました。それから、先生がいくつ
ことば　せつめい　せんせい

か質問して、わたしに答えさせたり、意見を言わせ
しつもん　こた　いけん　い

たりしました。とても難しい試験でした。
むずか　しけん

山田：それは大変でしたね。キムさんはきっとよく答えら
やま　だ　たいへん　こた

れたから、合格したのでしょう。
ごうかく

キ　ム：いいえ、運が良かったんですよ。でも、これで両親を
喜ばせることができます。

山　田：そうですね。早く知らせてお父さん、お母さんを
安心させてあげてください。

キ　ム：ええ、今晩さっそく国へ電話をかけます。何度も
掲示板を見て自分の番号を確かめたのですが、まだ
信じられません。うれしくて、本当に夢のようです。

新しい漢字

| 職員室 | 第一志望 | 合格 | 面接 | 短い | 訳す |
| しょく いん しつ | だい いち し ぼう | ごう かく | めん せつ | みじか | やく |

| 問題 | 記事 | 質問 | 答える | 運 | 両親 | 喜ぶ |
| もん だい | き じ | しつ もん | こた | うん | りょうしん | よろこ |

| 掲示板 | 番号 |
| けい じ ばん | ばんごう |

新しい読み方

| 合格 | 六百字 | 言葉 | 意見 | お父さん |
| ごうかく | ろっぴゃくじ | こと ば | い けん | とう |

— 93 —

しんぶんの　きじを　よまされました

（しょくいんしつで）

キムさんは　だいいちしぼうの　だいがくに
ごうかくしました。

やまだ：ごうかく　おめでとう　ございます。

キム：どうも　ありがとう　ございます。

やまだ：あの　だいがくに　ごうかくしたのは　あなたが
　　　　はじめてです。どんな　しけんでしたか。

キム：にほんごの　しょうろんぶんと　えいごと
　　　　めんせつでした。

やまだ：にほんごの　しょうろんぶんは　むずかしかったですか。

キム：わたしの　くにの　けいざいに　ついて
　　　　ろっぴゃくじいないで　かかされました。じかんが
　　　　みじかくて、あまり　よく　かけませんでした。

やまだ：えいごは。

キム：えいぶんを　にほんごに　やくす　もんだいが
　　　　でました。

22課
会話文

やまだ：そうですか。めんせつは　どうでしたか。

キム：はじめに　しんぶんの　きじを　よまされて、
そのきじの　なかの　ことばを　せつめいさせられました。
それから、せんせいが　いくつか　しつもんして、
わたしに　こたえさせたり、いけんを　いわせたり
しました。とても　むずかしい　しけんでした。

やまだ：それは　たいへんでしたね。キムさんは　きっと　よく
こたえられたから、ごうかくしたのでしょう。

キム：いいえ、うんが　よかったんですよ。でも、これで
りょうしんを　よろこばせる　ことが　できます。

やまだ：そうですね。　はやく　しらせて　おとうさん、
おかあさんを　あんしんさせて　あげて　ください。

キム：ええ、こんばん　さっそく　くにへ　でんわを
かけます。なんども　けいじばんを　みて　じぶんの
ばんごうを　たしかめたのですが、まだ　しんじら
れません。うれしくて、ほんとうに　ゆめの　よ
うです。

22課

会話文

形容詞の活用
けいよう し　かつよう

	辞書の形 じしょ かたち	〜と思う おも	〜ない	〜(名詞) めいし
I	高い たか	たかい	たかくない	たかい(やま)
	おいしい	おいしい	おいしくない	おいしい(りょうり)
	いい(良い) よ	いい(よい)	よくない	いい(ほん)

	辞書の形 じしょ かたち	〜と思う おも	〜ない	〜(名詞) めいし
II	静か しず	しずかだ	しずかで(は)ない	しずかな(へや)
	元気 げんき	げんきだ	げんきで(は)ない	げんきな(ひと)
	きれい	きれいだ	きれいで(は)ない	きれいな(はな)

動詞の活用
どう し　かつよう

	辞書の形 じしょ かたち	〜ない	〜ます	〜ば	意志の形 いし かたち
I	書く か	かか(ない)	かき(ます)	かけば	かこう
	行く い	いか(ない)	いき(ます)	いけば	いこう
	泳ぐ およ	およが(ない)	およぎ(ます)	およげば	およごう
	話す はな	はなさ(ない)	はなし(ます)	はなせば	はなそう
	立つ た	たた(ない)	たち(ます)	たてば	たとう
	死ぬ し	しな(ない)	しに(ます)	しねば	しのう
	遊ぶ あそ	あそば(ない)	あそび(ます)	あそべば	あそぼう
	飲む の	のま(ない)	のみ(ます)	のめば	のもう
	売る う	うら(ない)	うり(ます)	うれば	うろう
	ある	〔ない〕	あり(ます)	あれば	あろう
	入る はい	はいら(ない)	はいり(ます)	はいれば	はいろう
	買う か	かわ(ない)	かい(ます)	かえば	かおう
II	浴びる あ	あび(ない)	あび(ます)	あびれば	あびよう
	食べる た	たべ(ない)	たべ(ます)	たべれば	たべよう
III	来る く	こ(ない)	き(ます)	くれば	こよう
	する	し(ない)	し(ます)	すれば	しよう

＊走る／(うちへ)帰る／(りんごを)切る／(おかねが)要る／滑る／知る
　はし　　　　　　かえ　　　　　　　き　　　　　　　　い　　　すべ　　　し

～（動詞）	～て	～かった	～ば
たかく（なる）	たかくて	たかかった	たかければ
おいしく（なる）	おいしくて	おいしかった	おいしければ
よく（なる）	よくて	よかった	よければ

～（動詞）	～で	～だった	～なら
しずかに（なる）	しずかで	しずかだった	しずかなら
げんきに（なる）	げんきで	げんきだった	げんきなら
きれいに（なる）	きれいで	きれいだった	きれいなら

～て／～た	可能の動詞 かのう どうし	受身の動詞 うけみ どうし	使役の動詞 しえき どうし	使役の受身の動詞 しえき うけみ どうし
かい（て）	かける	かかれる	かかせる	かかされる
いっ（て）	いける	いかれる	いかせる	いかされる
およい（で）	およげる	およがれる	およがせる	およがされる
はなし（て）	はなせる	はなされる	はなさせる	はなさせられる
たっ（て）	たてる	たたれる	たたせる	たたされる
しん（で）	しねる	しなれる	しなせる	しなされる
あそん（で）	あそべる	あそばれる	あそばせる	あそばされる
のん（で）	のめる	のまれる	のませる	のまされる
うっ（て）	うれる	うられる	うらせる	うらされる
あっ（て）	――	――	――	――
はいっ（て）	はいれる	はいられる	はいらせる	はいらされる
かっ（て）	かえる	かわれる	かわせる	かわされる
あび（て）	あびられる	あびられる	あびさせる	あびさせられる
たべ（て）	たべられる	たべられる	たべさせる	たべさせられる
き（て）	こられる	こられる	こさせる	こさせられる
し（て）	〔できる〕	される	させる	させられる

形容詞
動　詞

主な助詞
おも じょし

が

A　(1)　教室にアンナさんがいます。（3課）
きょうしつ　　　　　　　　　　　　　　　　　　か

　　　　あした母が日本へ来ます。（7課）
　　　　　　はは　にほん　き　　　　　　か

　　(2)　学校が終わってからわたしはサッカーをします。（8課）
　　　　がっこう　お　　　　　　　　　　　　　　　　　　　　　　　か

　　(3)　アンナさんは声がきれいです。（9課）
　　　　　　　　　　こえ　　　　　　　　　か

B　(1)　わたしはバナナが好きです。（4課）
　　　　　　　　　　　　す　　　　　　か

　　(2)　あの人は英語が分かります。（6課）
　　　　　ひと　えいご　わ　　　　　　　　か

　　　　わたしは日本語が話せます。（14課）
　　　　　　　　にほんご　はな　　　　　　か

の

A　これはわたしの本です。（1課）
　　　　　　　　　　ほん　　　　　か

　　あれはわたしのです。（1課）
　　　　　　　　　　　　　　か

　　山田先生は女の先生です。（1課）
　　やまだせんせい　おんな　せんせい　　　か

B　わたしは友達の田中さんからこの辞書をもらいました。（9課）
　　　　　　ともだち　たなか　　　　　　　じしょ　　　　　　　　　　か

C　どんな傘を買いましたか。
　　　　　かさ　か

　　　軽くて小さいのを買いました。（13課）
　　　かる　ちい　　　か　　　　　　か

D　友達と話をするのは楽しいです。（15課）
　　ともだち　はなし　　　　たの　　　　　　　　か

　　チンさんが住んでいるのはあのアパートです。（16課）
　　　　　　　す　　　　　　　　　　　　　　　　　　　か

E　あなたはおすしを食べないのですか。（13課）
　　　　　　　　　　た　　　　　　　　　　　か

　　　ええ、嫌いなのです。
　　　　　きら

を

A　わたしはハンバーグを食べます。（5課）
　　　　　　　　　　　　た　　　　　　か

　　父は兄を銀行へ行かせました。（22課）
　　ちち　あに　ぎんこう　い　　　　　　　　か

B　(1)　わたしは毎朝8時にうちを出ます。（5課）
　　　　　　　　まいあさ　じ　　　　　で　　　　　か

　　(2)　わたしは毎朝公園を散歩します。（9課）
　　　　　　　　まいあさこうえん　さんぽ　　　　　　か

と

A　教室にラヒムさんとアリフさんがいます。（3課）
　　きょうしつ　　　　　　　　　　　　　　　　　　か

B　(1)　わたしは昨日友達と（一緒に）映画を見ました。（6課）
　　　　　　　　きのうともだち　いっしょ　えいが　み　　　　　　か

　　(2)　わたしは友達とけんかをしました。（13課-練習帳）
　　　　　　　　ともだち　　　　　　　　　　か　れんしゅうちょう

　　(3)　あなたと同じジュースを飲みます。（13課-練習帳）
　　　　　　　　おな　　　　　　　　の　　　　　か　れんしゅうちょう

C　あしたは雨が降ると思います。（7課）
　　　　　あめ　ふ　　おも　　　　　　か

　　先生は「来週試験をします。」と言いました。（10課）
　　せんせい　らいしゅうしけん　　　　　　　　　い

に

A (1) 教室<u>に</u>アンナさんがいます。(3課)

あの人は寮<u>に</u>住んでいます。(12課)

(2) わたしは毎晩おふろ<u>に</u>入ります。(5課)

この紙<u>に</u>名前を書いてください。(10課)

B わたしは毎朝6時<u>に</u>起きます。(5課)

C わたしは新宿へテレビを買い<u>に</u>行きました。(7課)

D 田中さんはリサさん<u>に</u>ばらの花をあげました。(7課)

あなたは家族<u>に</u>手紙を書きますか。(8課-練習帳)

E 兄は医者<u>に</u>なりました。(10課)

何を食べますか。

わたしはハンバーグ<u>に</u>します。(13課)

千円札を百円玉<u>に</u>替えてください。(22課)

F わたしは8時の新幹線<u>に</u>間に合いませんでした。(13課-練習帳)

G (1) わたしは先生<u>に</u>ほめられました。(21課)

(2) 先生はわたし<u>に</u>新聞を読ませました。(22課)

で

A わたしは毎日図書館<u>で</u>勉強します。(6課)

あした学校のホール<u>で</u>パーティーがあります。(15課)

B わたしは電車<u>で</u>学校へ来ます。(8課)

C わたしは昨日風邪<u>で</u>学校を休みました。(20課)

D わたしはチンさんと二人<u>で</u>映画を見に行きました。(13課)

E (1) わたしはスポーツの中<u>で</u>サッカーが一番好きです。(9課)

(2) 日本<u>で</u>は車は左を走ります。(9課-練習帳)

あの歌手は日本<u>で</u>とても有名です。

(3) あの人は6か月<u>で</u>日本語がとても上手になりました。(14課)

(4) 答えはこれ<u>で</u>いいですか。(16課)

(5) 父は28歳<u>で</u>結婚しました。(17課)

新出漢字一覧
しんしゅつかんじ いちらん

[1] 人 名 前 先 生 山 田 男 女 何 [2] 学 校 木 村 教 室 二 階 日 本

語 少 [3] 動 物 小 林 建 中 大 母 子 供 石 上 丸 広 場 国 [4] 白 昼

近 安 店 好 銀 行 静 料 理 高 七 百 五 十 円 [5] 主 食 飲 毎 晩

復 習 予 後 一 時 間 寝 六 起 早 朝 九 出 [6] 分 道 弟 東 京 野

球 売 絵 買 形 水 橋 駅 見 試 合 公 園 [7] 会 三 来 週 土 曜 午

所 空 港 思 夜 英 話 勉 強 [8] 終 音 楽 火 受 目 黒 線 新 宿 手

乗 四 始 親 切 茶 [9] 森 今 父 昨 初 品 多 魚 家 内 娘 向 友 年

科 虫 [10] 病 院 番 入 台 息 止 医 者 風 休 言 薬 種 類 元 気 良

[11] 雨 当 洗 着 困 機 金 便 利 通 読 待 帰 持 [12] 続 並 卒 業 社 引

昔 写 真 覚 赤 去 知 方 [13] 辞 書 屋 外 例 文 難 漢 字 値 段 度

特 下 [14] 保 証 夏 八 月 北 海 聞 立 部 験 心 配 変 決 相 談 調

考 [15] 電 庭 経 次 丈 夫 忘 残 念 発 [16] 姉 式 冬 必 要 別 登 録 千

印 紙 代 頼 自 案 図 [17] 館 説 明 暗 死 最 歳 有 青 恋 [18] 顔 重 太

過 開 肉 世 妹 春 連 [19] 頭 川 急 寒 歩 暖 秋 葉 原 花 使 押 取

[20] 願 定 達 練 具 服 借 貸 長 県 温 泉 吹 雪 天 [21] 転 車 実 区 管

全 移 禁 注 意 置 横 許 可 [22] 職 員 第 格 面 接 短 訳 問 題 記

事 質 答 運 両 喜 板 号　　　　　　　　　　（328 字）

新出漢
字一覧

漢字索引

（＊は読み替え漢字、△は特殊な読み、数字は課を示す）

＜あ＞

合 あい	6
→（合う）	
会う＊ あ	12
赤い あか	12
上がる＊ あ	10
秋 あき	19
開ける あ	18
朝 あさ	5
暖かい あたた	19
頭 あたま	18
後 あと	5
姉 あね	16
雨 あめ	11
歩く ある	19
安＊ あん	20
案 あん	16
暗 あん	17

＜い＞

医 い	10
意 い	21
言う い	10
息 いき	10
行く＊ い	5
石 いし	3
一 いち	5
一－＊ いっ	9
五つ いつ	4

今＊ いま	9
妹 いもうと	18
要る＊ い	16
入れる＊ い	19
印 いん	16
院 いん	10
員 いん	22

＜う＞

上 うえ	3
受ける う	8
動く＊ うご	10
移す うつ	21
売る＊ う	9
運 うん	22

＜え＞

絵 え	6
英 えい	7
駅 えき	6
円 えん	4
園 えん	6

＜お＞

多い おお	9
大きい おお	3
起きる お	5
置く お	21
教える＊ おし	20

押す お	19
弟 おとうと	6
男 おとこ	1
覚える おぼ	12
重い おも	18
思う おも	7
終わる お	8
音 おん	8
温 おん	20
女 おんな	1

＜か＞

火 か	8
－日＊ か	20
可 か	21
科 か	9
家 か	9
母さん かあ	3
会 かい	7
海 かい	14
階 かい	2
－会＊ がい	12
外 がい	13
買う か	6
帰る かえ	11
顔 かお	18
格 かく	22
書く＊ か	16
学＊ がく	5

楽 がく	8
貸す か	20
風邪△ かぜ	10
→（風） かぜ	
－方 がた	12
→（方） かた	
形 かたち	6
月 がつ	14
学－ がっ	2
必ず＊ かなら	16
金 かね	11
借りる か	20
－川 がわ	19
→（川） かわ	
代わり か	16
変わる＊ か	19
間 かん	5
漢 かん	13
管 かん	21
館 かん	17
考える かんが	14

＜き＞

木 き	2
気 き	10
記 き	22
機 き	11
来ます＊ き	7
昨日△ きのう	9

決める	14
九＊ きゅう	9
急 きゅう	19
球 きゅう	6
去 きょ	12
許 きょ	21
京 きょう	6
教 きょう	2
強 きょう	7
今日△＊ きょう	10
業 ぎょう	12
着る き	11
金＊ きん	21
禁 きん	21
銀 ぎん	4

＜く＞

九 く	5
区 く	21
具 ぐ	20
空 くう	7
薬 くすり	10
国 くに	3
来る＊ く	11
－黒 ぐろ	8
→（黒） くろ	

＜け＞

| 経 けい | 15 |

今朝△＊ けさ	11
月＊ げつ	14
見＊ けん	22
県 けん	20
験 けん	14
元 げん	10

＜こ＞

小 こ	3
子 こ	3
今年△＊ ことし	20
五 ご	4
午 ご	7
後＊ ご	7
語 ご	2
恋 こい	17
公 こう	6
行 こう	4
校 こう	2
港 こう	7
合＊ ごう	22
号＊ ごう	22
国＊ こく	13
答える こた	22
言＊ こと	22
困る こま	11
今 こん	9

＜さ＞

漢字
索引
あ-さ

漢字
索引
さ-ね

言い方一覧
_{い　かたいちらん}

1 課_か

1・わたしは<u>ラヒム</u><u>です</u>。

2・ラヒムさん<u>は</u>インドネシア人<u>ではあり</u>_{じん}
　<u>ません</u>。ラヒムさんはマレーシア人<u>で</u>_{じん}
　<u>す</u>。

3・あなたはインドネシア人<u>ですか</u>。_{じん}

　　<u>はい</u>、わたしはインドネシア人<u>です</u>。_{じん}

　　<u>いいえ</u>、わたしはインドネシア人<u>で</u>_{じん}
　　<u>はありません</u>。

4・<u>これ</u>は時計<u>ですか</u>。_{とけい}

　　はい、<u>それ</u>は時計です。_{とけい}

　・<u>それ</u>はラジオですか。

　　はい、<u>これ</u>はラジオです。

　・<u>あれ</u>は病院ですか。_{びょういん}

　　はい、<u>あれ</u>は病院です。_{びょういん}

　○<u>これ</u>は雑誌ですか。_{ざっし}

　　はい、<u>これ</u>は雑誌です。_{ざっし}

5・これは<u>何</u>ですか。_{なん}

　　それは消しゴムです。_け

　・あなたの先生は<u>だれ</u>ですか。_{せんせい}

　　わたし<u>の</u>先生は山田先生です。_{せんせい　やまだ せんせい}

6・これはわたし<u>の</u>本です。_{ほん}

　・山田先生は女<u>の</u>先生です。_{やまだせんせい　おんな　せんせい}

　・これは<u>だれ</u>の本です<u>か</u>。_{ほん}

　　それはアリフさんの本です。_{ほん}

　・それは<u>何</u>の本です<u>か</u>。_{なん　ほん}

　　これは数学の本です。_{すうがく　ほん}

7・あれはあなたのオートバイですか。

　　はい、あれは<u>わたしの</u>です。

8○ラヒムさんは学生です。アリフさん<u>も</u>_{がくせい}
　学生です。_{がくせい}

　○ラヒムさんは先生ではありません。ア_{せんせい}
　リフさん<u>も</u>先生ではありません。_{せんせい}

　・わたしはマレーシア人です。あなた<u>も</u>_{じん}
　マレーシア人ですか。_{じん}

　　はい、わたし<u>も</u>マレーシア人です。_{じん}

　　いいえ、わたしはマレーシア人では_{じん}
　　ありません。

2 課_か

1・わたしの自転車は<u>新しい</u>です。_{じてんしゃ　あたら}

　・わたしの部屋は<u>静か</u>です。_{へや　しず}

2・あなたの部屋は<u>広い</u>です<u>か</u>、<u>狭い</u>です_{へや　ひろ　せま}
　<u>か</u>。

　　わたしの部屋は広いです。_{へや　ひろ}

3・<u>この</u>りんごはおいしいです。

　○<u>その</u>本は面白いです。_{ほん　おもしろ}

　○<u>あの</u>山は富士山です。_{やま　ふ じさん}

4・<u>ここ</u>はあなたの教室ですか。_{きょうしつ}

　　はい、<u>ここ</u>はわたしの教室です。_{きょうしつ}

　○<u>ここ</u>はチンさんの部屋ですか。_{へや}

　　はい、<u>そこ</u>はチンさんの部屋です。_{へや}

　○<u>そこ</u>はあなたの部屋ですか。_{へや}

　　はい、<u>ここ</u>はわたしの部屋です。_{へや}

・あそこは事務室ですか。

　はい、あそこは事務室です。

5・あそこは何ですか。

　あそこはロビーです。

6・職員室はどこですか。

　職員室はあそこです。

7・これはあなたの本ですか。

　はい、そうです。

　いいえ、そうではありません。

8・ここは事務室です。

　そうですか。

9・あなたの部屋はきれいですね。

3課

1・これは面白い本です。

　・あそこは静かな公園です。

2・教室にアンナさんがいます。

　・いすの下に猫がいます。

　・あそこに図書館があります。

3・教室にラヒムさんとアリフさんがいます。

4・机の上に本やノートなどがあります。

5○窓のそばにだれがいますか。

　（窓のそばに）アンナさんがいます。

　・木の上に何がいますか。

　（木の上に）猫がいます。

○かばんの中に何がありますか。

　（かばんの中に）ノートがあります。

6・この教室にマレーシアの学生がいますか。

　はい、（マレーシアの学生が）います。

いいえ、マレーシアの学生はいません。

7・机の上に何がありますか。

　本があります。

　・机の下には何がありますか。

　机の下にはかばんがあります。

8○教室にだれがいますか。

　教室にはだれもいません。

　・庭に何がいますか。

　庭には何もいません。

○机の中に何がありますか。

　机の中には何もありません。

9・アンナさんはどこにいますか。

　アンナさんは教室にいます。

○あなたの学校はどこにありますか。

　わたしの学校は新宿にあります。

10・ここは動物園です。動物園にはいろいろな動物がいます。

11○あなたの傘はどれですか。

　わたしの傘はこれです。

　・あなたの傘はどの傘ですか。

　わたしの傘はこの傘です。

○アンナさんはどの人ですか。

　アンナさんはあの人です。

12・あそこにかめがいますよ。

4課

1・この車は新しいですか。

　いいえ、この車は新しくありません。

　（新しくないです。）

- あなたの部屋は静かですか。

　　いいえ、わたしの部屋は静かではありません。

2 ・わたしのかばんは大きくて重いです。

・この店は静かできれいです。

3 ・あのレストランの料理はどうですか。

　　（あのレストランの料理は）安くておいしいです。

4 ・この店はあまりきれいではありません。

5 ・窓のそばにテーブルが五つあります。（⇒表1、2）

○机の上にノートが二冊と鉛筆が一本あります。

6 ○いすはいくつありますか。（⇒表1、2）

　　（いすは）二十あります。

○男の学生は何人いますか。

　　（男の学生は）三人います。

○ノートは何冊ありますか。

　　（ノートは）八冊あります。

・ジュースはいくらですか。

　　（ジュースは）四百円です。

7 ○りんごをください。

○りんごを五つください。

・りんごを五つとみかんを十ください。

8 ・わたしはバナナが好きです。

○わたしは魚が嫌いです。

・わたしはこのかばんがいいです。

5課

1 ・わたしは毎朝六時に起きます。

○わたしはあした四時に起きます。

2 ・わたしは毎朝六時に起きます。（⇒表1、2、3）

3 ・わたしは毎晩十時ごろ寝ます。

4 ・わたしはハンバーグを食べます。

5 ・わたしは銀行へ行きます。

6 ・わたしは毎朝八時にうちを出ます。

○わたしは毎晩おふろに入ります。

7 ・あなたは毎朝コーヒーを飲みますか。

　　いいえ、（わたしは）コーヒーは飲みません。牛乳を飲みます。

○学校は九時には始まりません。九時十分に始まります。

○わたしはデパートへは行きません。スーパーへ行きます。

8 ・（あなたは）何か飲みますか。

　　はい、（飲みます。）ジュースを飲みます。

　　いいえ、何も飲みません。

○教室にだれかいますか。

　　はい、（います。）アンナさんがいます。

　　いいえ、だれもいません。

9 ・ホールに学生が二百人ぐらいいます。

・あなたは毎晩どのくらい勉強をしますか。（⇒表3）

○あなたは毎晩何時間ぐらい勉強をしますか。

　　わたしは毎晩三時間ぐらい勉強をします。

10・うちから学校まで三十分ぐらいかかります。

○わたしは毎晩八時から十一時まで勉強をします。

11・わたしは勉強の後でテレビを見ます。

○わたしは食事の前にシャワーを浴びます。

6課

1・わたしはおとといスーパーへ行きました。（⇒表1）

・わたしは昨日はスーパーへ行きませんでした。

2・昨日の試験は難しかったです。

○先週の試験はあまり難しくありませんでした。

○わたしは英語の勉強が好きでした。

○わたしは数学の勉強が好きではありませんでした。

3・昨日はいい天気でした。

○おとといはいい天気ではありませんでした。

4・わたしは毎日図書館で勉強します。

5・あの人は英語が分かります。

・窓から富士山が見えます。

○隣の部屋からピアノの音が聞こえます。

6・あなたは昨日どこかへ行きましたか。

はい、（行きました。）新宿へ行きました。

いいえ、どこへも行きませんでした。

7・あなたはどんなスポーツが好きですか。

わたしはテニスが好きです。

○木村さんのうちはどんなうちですか。

（木村さんのうちは）新しくてきれいなうちです。

8・お母さんはどこにいますか。

（⇒図1、2）

母は庭にいます。

9・わたしはアリフさんと一緒に渋谷へ行きました。

・わたしは昨日友達と映画を見ました。

10・わたしは土曜日にNHKホールへ行きました。

それはどこにありますか。

（それは）渋谷にあります。

○わたしは今晩ジョンさんと食事をします。

その人はどこの国の人ですか。

（その人は）アメリカの人です。

○わたしは昨日新宿のデパートへ行きました。そこでかばんを買いました。

11・わたしは日曜日に箱根へ行きました。

富士山がよく見えました。

それは良かったですね。

12・わたしは昨日東京ドームへ行きました。

東京ドームですか。それは何ですか。

（それは）野球場です。

7課

1・あしたは雨が降ると思います。（⇒表1）

・あさっては雨が降らないと思います。

2・あなたは新宿へ何をしに行きましたか。

わたしは新宿へテレビを買いに行きました。

・リサさんは日本へ音楽の勉強に来ました。

3○だれがこの絵をかきましたか。

木村さんが（この絵を）かきました。

・あした母が日本へ来ます。わたしは成田空港へ母を迎えに行きます。

4・田中さんはリサさんにばらの花をあげました。

5・わたしは友達からハンカチをもらいました。

6○あなたはいつアメリカへ行きますか。（⇒表2、3）

来月行きます。

・パーティーはいつですか。

七月八日です。

7・パーティーは来週の月曜日で、時間は午後七時からです。

（パーティーは来週の月曜日です。時間は午後七時からです。）

言い方
一覧

8-9課

8課

1・学校は九時に始まって、四時に終わります。（⇒表1）

・わたしは今朝コーヒーを飲んで、パンを食べました。

2・わたしは晩ご飯を食べてから、テレビ

を見ます。

3・わたしは寝る前に、歯を磨きます。

4・学校が終わってから、わたしはサッカーをします。

○わたしは映画が始まる前に、コーヒーを買いました。

5・アンナさんはわたしにりんごをくれました。

6・わたしは電車で学校へ来ます。

○わたしはボールペンで名前を書きました。

9課

1・チンさんは今テレビを見ています。

2・リサさんは毎日ピアノの練習をしています。

3・父は大学で英語を教えています。

4・アンナさんは声がきれいです。

5・あなたはスポーツの中で何が一番好きですか。

サッカーが一番好きです。

6・わたしは毎朝公園を散歩します。

7・友子さんは何歳ですか。（いくつですか。）（⇒表1）

九歳です。（九つです。）

8・わたしは友達の田中さんからこの辞書をもらいました。

9・あなたはどのくらい日本にいますか。

一週間ぐらいいます。（⇒表2）

10課

1・ボールペンで書いて<u>ください</u>。

　・鉛筆で書か<u>ないでください</u>。

2・わたしはパンを薄く切りました。

　○学生たちは静かに勉強しています。

3・午前中は雨が降っていました。しかし、午後は天気が良<u>く</u>なりました。

　・部屋の掃除をしました。部屋が<u>きれい</u>になりました。

　○兄は<u>医者</u>になりました。

4　**普通の形**（⇒表１）

　○森田先生は事務室へ行った<u>と思います</u>。

　○日本語の勉強は面白い<u>と思います</u>。

　・あの人はチンさんの<u>お父さんだ</u>と思います。

5　○あしたは学校が休みです<u>から</u>、友達と映画を見に行きます。

　・あしたは学校が休み<u>だから</u>、友達と映画を見に行きます。

6・映画が始まります<u>から</u>、ホールに入ってください。

　○映画が始まる<u>から</u>、ホールに入ってください。

7・先生は「来週試験をします。」<u>と言いました</u>。

　○先生は来週試験をする<u>と言いました</u>。

　○先生は学生たちに「来週試験をします。」<u>と言いました</u>。

8　○この時計は父<u>から</u>もらいました。

　　（わたしは父からこの時計をもらいました。）

　・高校は三年前に卒業しました。

　　（わたしは三年前に高校を卒業しました。）

9・あなたは昨日学校へ来ませんでしたね。<u>どうしたのですか</u>。

10・教室に学生が<u>三、四人</u>います。

11課

1・<u>あそこで本を読んでいる人</u>はだれですか。

　・わたしは昨日<u>チンさんがいつも行くレストラン</u>へ行きました。

　○<u>リサさんの作った料理</u>はとてもおいしいです。

2・あしたは（たぶん）雨が降る<u>でしょう</u>。

　○今日は日曜日ですから、あの公園は（たぶん）にぎやか<u>でしょう</u>。

　○チンさんのお父さんは（たぶん）五十歳ぐらい<u>でしょう</u>。

　・あしたは（たぶん）雨が降る<u>だろうと思います</u>。

3・わたしはいつもテレビを見<u>ながら</u>朝ご飯を食べます。

4・わたしは風邪を引い<u>てしまいました</u>。

　○わたしはゆうべこの本を全部読ん<u>でしまいました</u>。

5・わたしの部屋は狭いですが、明る<u>くて</u>きれいです。

12課

1 ・田中さんは白いセーターを着ています。

2 ・冷蔵庫の中にジュースが入っています。

3 ・テーブルの上に花が飾ってあります。

（⇨表1）

4 ・もう御飯を食べましたか。

　　はい、もう食べました。

　　いいえ、まだ食べていません。

5 ○あなたはあの人を知っていますか。

　　はい、知っています。

　　いいえ、知りません。

　・あなたはこのニュースを知っていまし

　　たか。

　　はい、知っていました。

　　いいえ、知りませんでした。

6 ・あの人はチンさんでしょう。

　　ええ、チンさんです。

13課

1 ・わたしは日本語の辞書が欲しいです。

2 ・わたしは辞書を買いたいです。

　○わたしはビールが飲みたいです。

3 ・あなたはアメリカへ行ったことがあり

　　ますか。

　　はい、一度行ったことがあります。

　　はい、何度も行ったことがあります。

　　いいえ、一度も行ったことがありません。

4 ・昨日うちにいませんでしたね。どこへ

　　行ったのですか。

保証人のうちへ行ったのです。

○あなたはおすしを食べないのですか。

　　ええ、嫌いなのです。

・昨日うちにいませんでしたね。どこへ

　　行ったんですか。

　　保証人のうちへ行ったんです。

5 ・どうしてこのアパートは部屋代が安い

　　のですか。

　　駅から遠いからです。

　　（駅から遠いから部屋代が安いのです。）

6 ・あした映画を見に行きませんか。

　　ええ、行きましょう。

　　あしたはちょっと都合が悪いのです

　　が、……。

7 ・新宿へ行くバスはどれですか。

　　新宿へ行くのはあれです。

　・どんな傘を買いましたか。

　　軽くて小さいのを買いました。

○どんなかばんがいいですか。

　　丈夫なのがいいです。

○どのアイスクリームがいいですか。

　　メロンのがいいです。

8 ・これは外国人のための日本語の辞書です。

○日本語が分からない人のために、英語

　　で話します。

9 ・何を食べますか。

　　ハンバーグにします。

10 ・このクラスにマレーシアの学生はいま

　　せんか。

言い方
一覧

12-13課

ええ、いません。

（いいえ、）います。ラヒムさんがいます。

11・あの大学の試験は日本語だけです。

12・わたしはチンさんと二人で映画を見に行きました。

13・タンさんはキムさんからパーティーのことを聞きました。

14課

1・わたしは自転車に乗ることができます。

・わたしは日本語を話すことができます。

○わたしはテニスができます。

2・わたしは自転車に乗れます。（⇒表１）

・わたしは日本語が話せます。

3・キムさんは今どの教室にいるか（わたしは）分かりません。

○田中さんはどんな人か教えてください。

4○田中さんはカレーが好きかどうか（わたしは）分かりません。

・わたしは大学に入れるかどうか心配です。

5・わたしは音楽を聴くことが好きです。

6・わたしは肉は好きですが、魚は嫌いです。

7・わたしは日本語が話せるようになりました。

○あの人はこのごろよく勉強するようになりました。

・あの人は遅刻をしなくなりました。

8・夏休みは海へ行ったり山へ行ったりしました。

○雨が降ったりやんだりしています。

9・あの人は英語しか分かりません。

・わたしのクラスには女の学生が二人しかいません。

10○何か冷たい物を飲みたいです。

・何か相談したいことがあるときは、電話をかけてください。

○だれかタイ語のできる人を教えてください。

○どこかきれいな所へ行きたいです。

11・日曜日は暇ですから、いつでも遊びに来てください。

○わたしは日本料理は何でも食べられます。

○この料理は簡単だから、だれでも作れます。

12○チンさんは夏休みに国へ帰ると言っていました。

・田中さんはゆうべのパーティーは楽しかったと言っていました。

13・あの人は六か月で日本語がとても上手になりました。

14・わたしは毎朝コーヒーか紅茶を飲みます。

15課

1・わたしはあした映画を見に行くつもりです。

言い方
一覧

14-15 課

○わたしは今度の日曜日はどこへも行か
ないつもりです。

2・わたしは夏休みに北海道へ行こうと思
っています。（⇒表1）

3・チンさんは夏休みに国へ帰るそうです。

・先生の話によると今度の試験は難しい
そうです。

4・ラヒムさんは風邪を引いたと言ってい
たから、今日は学校へ来ないかもしれ
ません。

○あしたは雨かもしれません。

5・わたしは砂糖を入れてコーヒーを飲み
ます。

・姉は砂糖を入れないでコーヒーを飲みます。

6・早くうちへ帰りなさい。

7・わたしは新しいシャツを着てみました。

8・うちへ帰ったとき「ただいま」と言い
ます。

○昨日うちへ帰るときパンを買いました。

○わたしは小さいとき北海道に住んでい
ました。

9・友達と話をするのは楽しいです。

10・あした学校のホールでパーティーがあ
ります。

11・わたしは日本語がまだ下手です。

そんなことはありませんよ。

12・あそこに高いビルが見えますが、あれ
は何ですか。

16課

1・ここでたばこを吸ってもいいですか。

はい、たばこを吸ってもいいです。

（ええ、どうぞ。）

いいえ、吸ってはいけません。（いい
え、ここでは吸わないでください。）

・ここでたばこを吸ってはいけませんか。

はい、吸ってはいけません。（ええ、
ここでは吸わないでください。）

いいえ、吸ってもいいですよ。

2・漢字で書かなくてもいいですか。

はい、漢字で書かなくてもいいです。

いいえ、漢字で書かなければいけま
せん。（いいえ、漢字で書いてください。）

・漢字で書かなければいけませんか。

はい、漢字で書かなければいけませ
ん。（ええ、漢字で書いてください。）

いいえ、漢字で書かなくてもいいで
すよ。

3・弟の結婚式があるから、あした会社を
休まなければなりません。

4・今晩友達が来るから、部屋を掃除して
おきます。

5・チンさんが住んでいるのはあのアパー
トです。

（チンさんはあのアパートに住んでいます。）

6・（答えは）これでいいですか。

7・人に聞かないで自分で考えなさい。

17課

1・昨日は雨が降っていたので、一日じゅ
うううちにいました。

　○図書館は静かなので、わたしはいつも
図書館で勉強します。

　○今日は日曜日なので、学校は休みです。

2・雨が降りそうです。（⇒表１）

　・このケーキはおいしそうですね。

　○あの人はとても元気そうです。

　・雨はやみそうもありません。

　○このケーキはおいしくなさそうです。

　○あの人は元気ではなさそうです。

　○雨が降りそうだから、傘を持っていき
ます。

　○おいしそうなケーキですね。いただき
ます。

　○田中さんはおいしそうにビールを飲ん
でいます。

3・あなたは肉と魚とどちらが好きですか。
わたしは（魚より）肉の方が好きです。

　・インドネシアは日本より暑いです。

4・弟はオートバイを買うためにアルバイ
トをしています。

5・小林さんは頭もいいし、スポーツもで
きます。

　・小林さんはテニスもできるし、サッカ
ーもできます。

　○小林さんはテニスもサッカーもできま
す。

6・これは何という花ですか。

これはひまわりです。

　・東京ドームというのは何ですか。
（東京ドームというのは）野球場です。

7・父は二十八歳で結婚しました。

18課

1・春になると桜が咲きます。（⇒表１）

　○駅に近いと便利です。

　○果物は新鮮だとおいしいです。

　○いい天気だと富士山が見えます。

　○春にならないと桜は咲きません。

　○駅に近くないと不便です。

　○果物は新鮮でないとおいしくありませ
ん。

　○いい天気でないと富士山は見えません。

2・この薬を飲むと、眠くなりますか。
いいえ、この薬を飲んでも、眠くな
りません。（⇒表１）

　○あなたは静かでないと、寝られません
か。
いいえ、わたしは静かでなくても、
寝られます。

3・あの人はどんなスポーツでもできます。

4・あの人は長い髪をしています。

5・この川の水は氷のように冷たいです。

　・正男さんは女の子のような声をしてい
ます。

　○あの雲の形は象のようです。

6○わたしはゆうべお酒を飲み過ぎました。

　○この靴は大き過ぎます。

○この問題は簡単過ぎます。

・たばこの吸い過ぎは良くありません。

7 ・わたしのうちから学校まで二時間もかかります。

8 ・わたしのうちには猫が五匹います。

そんなにたくさんいるのですか。

19課

1 ・一生懸命練習すれば、上手になります。（⇒表1）

○練習しなければ、上手になりません。

○天気が良ければ、行くつもりです。

○天気が良くなければ、行きません。

○日本語が上手なら、このアルバイトはできるでしょう。

○日本語が上手でなければ、このアルバイトはできないでしょう。

○あしたいい天気なら、わたしは山に登ります。

○あしたいい天気でなければ、わたしは山に登りません。

2 ○雨が降ったら、ハイキングはやめましょう。（⇒表1）

○雨が降らなかったら、ハイキングに行きましょう。

・忙しかったら、来なくてもいいですよ。

○忙しくなかったら、ちょっと手伝ってください。

○おすしが好きだったら、たくさん食べてください。

○おすしが好きでなかったら、サンドイッチを持ってきます。

・あしたいい天気だったら、散歩に行きませんか。

○あしたいい天気でなかったら、部屋で音楽を聴きましょう。

3 ・夏休みになったら、国へ帰るつもりです。

4 ・わたしは来年スペインへ行くつもりです。

スペインへ行くなら、早くスペイン語の勉強を始めなさい。

5 ・風邪を引いたときは早く寝た方がいいですよ。

○この肉はもう古いから食べない方がいいです。

6 ・ラジオの音を小さくしました。

○机の上をきれいにしてください。

7 ・駅前のレストランは安くておいしいですね。

ええ、あそこへはわたしもよく行きます。

○去年の春、一緒に鎌倉へ行きましたね。

ええ、あのときは楽しかったですね。

20課

1 ・ラヒムさんはアンナさんの荷物を持ってあげました。

2 ・父はわたしに時計を買ってくれました。

3 ・わたしは田中さんに写真を撮ってもら

いました。

4 ○大学に合格できてとてもうれしいです。

○ゆうべは暑くて眠れませんでした。

○わたしは字が下手で恥ずかしいです。

•言葉が分からなくて困りました。

5 •わたしは昨日風邪で学校を休みました。

6 •あした試験があるのに、あの人は遊ん

でいます。

○あの人は歌が上手なのに、あまり歌い

ません。

○もうお昼なのに、あの人はまだ寝てい

ます。

7 •友達に手紙を出したら、すぐ返事が来

ました。

○うちへ帰ったら、手紙が来ていました。

8 •定期券を落としてしまったのですが、

どうしたらいいですか。

9 •定期券を落としてしまったのですが

どうしたらいいでしょうか。

○先に帰ってもいいでしょうか。

ええ、いいですよ。

10 •あした鎌倉へ行くんです。

そうですか。いい天気だといいです

ね。

21課

1 ○わたしは先生にほめられました。

（⇨表1）

（先生はわたしをほめました。）

•わたしは父に「すぐ国へ帰りなさい。」

と言われました。

（父はわたしに「すぐ国へ帰りなさい。」

と言いました。）

•わたしは兄にケーキを食べられてしま

いました。

（兄はわたしのケーキを食べてしまい

ました。）

○わたしは雨に降られて困りました。

（雨が降ったので、わたしは困りまし

た。）

•わたしは隣の人にピアノを弾かれると、

うるさくて勉強できません。

（隣の人がピアノを弾くと、わたしは

うるさくて勉強できません。）

2 •毎年三月に卒業式が行われます。

（毎年三月に卒業式を行います。）

3 ○先生は学生に日本語で話すようにと言

いました。

•医者は田中さんにたばこを吸い過ぎな

いようにと言いました。

○わたしは弟に早くうちへ帰るように言

いました。

4 •道がぬれています。ゆうべ雨が降った

らしいです。

○あの人はすしを食べません。すしが嫌

いらしいです。

○あの人はマリアさんの恋人らしいです。

いつも二人は一緒にいます。

5 •試験は今日じゃありません。あしたで

す。

22課
か

1・先生はわたしに新聞を読ませました。
せんせい　　　　　　しんぶん　よ

（⇒表1）
ひょう

○父は兄を銀行へ行かせました。
ちち　あに　ぎんこう　い

・田中さんは面白い話をして、わたした
たなか　　　おもしろ　はなし

ちを笑わせました。
わら

（田中さんは面白い話をしました。わ
たなか　　　おもしろ　はなし

たしたちは笑いました。）
わら

2・わたしは母に嫌いなにんじんを食べさ
はは　きら　　　　　　　た

せられました。（⇒表1）
ひょう

・わたしは先生に立たされました。
せんせい　た

3・英文を日本語に訳してください。
えいぶん　に ほんご　やく

・千円札を百円玉に替えてください。
せんえんさつ　ひゃくえんだま　か

4・あの大学に合格したのはあなたが初め
だいがく　ごうかく　　　　　　はじ

てです。

○新幹線に乗るのは今日が初めてです。
しんかんせん　の　　　きょう　はじ

5・冷蔵庫に卵がいくつかあります。
れいぞうこ　たまご

6・あなたの趣味について書きなさい。
しゅみ　　　　　か

動詞リスト
どうし

課	動詞 I	動詞 2	動詞 3
3	ある	いる	
5	あらう［洗う］ いく［行く］ おわる［終わる］ かう［買う］ かえる［帰る］ （時間が）かかる きく［聴く］ のむ［飲む］ のる［乗る］ （おふろに）はいる［入る］ はじまる［始まる］ みがく［磨く］ よむ［読む］	あびる［浴びる］ おきる［起きる］ たべる［食べる］ （うちを）でる［出る］ ねる［寝る］ みる［見る］	くる［来る］ する
6	わかる［分かる］	おりる［降りる］ きこえる［聞こえる］ みえる［見える］	
7	あそぶ［遊ぶ］ おくる［送る］ おもう［思う］ およぐ［泳ぐ］ （お金を）おろす［下ろす］ かく［書く］ （絵を）かく しぬ［死ぬ］ だす［出す］ たつ［立つ］ つくる［作る］ とる［撮る］ なく［泣く］ なる［鳴る］ はしる［走る］	（人に）あげる あずける［預ける］ うまれる［生まれる］ おちる［落ちる］ こわれる［壊れる］ （虹が）でる［出る］ はれる［晴れる］ むかえる［迎える］	けっこんする ［結婚する］ にゅういんする ［入院する］ にゅうがくする ［入学する］ べんきょうする ［勉強する］

動　詞
リスト
3-7課

課	動詞 1	動詞 2	動詞 3
	はなす ［話す］ ひく ［弾く］ ふる ［降る］ まつ ［待つ］ もらう		
8	けす ［消す］ (大学に)はいる ［入る］ やすむ ［休む］ やむ	うける ［受ける］ おしえる ［教える］ (電話を)かける くれる のりかえる［乗り換える］	
9	あるく ［歩く］ うたう ［歌う］ おどる ［踊る］ とおる ［通る］ とぶ ［飛ぶ］ (階段を)のぼる ［上る］ はたらく ［働く］ わたる ［渡る］ わらう ［笑う］	つとめる ［勤める］ (階段を)おりる［下りる］	けいえいする ［経営する］ さんぽする ［散歩する］
10	あがる ［上がる］ いう ［言う］ うごく ［動く］ (人に)きく ［聞く］ きる ［切る］ (息を)すう ［吸う］ (たばこを)すう ［吸う］ とまる ［止まる］ (元気に)なる ぬぐ ［脱ぐ］ (風邪を)ひく ［引く］ (学校を)やすむ ［休む］	あける ［開ける］ いれる ［入れる］ きる ［着る］ こたえる ［答える］ しめる ［閉める］ すてる ［捨てる］ (電灯を)つける (気を)つける (息を)とめる ［止める］ (辞書を)みる ［見る］	そつぎょうする ［卒業する］

課	動詞 I	動詞 2	動詞 3
11	おとす ［落とす］ かざる ［飾る］ かわく ［乾く］ こまる ［困る］ さく ［咲く］ だす ［出す］ つかう ［使う］ つくる ［造る］ ならう ［習う］ はらう ［払う］ ほす ［干す］ もっていく ［持っていく］	おくれる ［遅れる］ （場所を）おしえる 　　　　［教える］ かりる ［借りる］ きる ［着る］ ぬれる わすれる ［忘れる］	もってくる 　［持ってくる］
12	あう ［会う］ あく ［開く］ おく ［置く］ （絵が）かかる ［掛かる］ （かぎが）かかる かぶる くもる ［曇る］ けす ［消す］ しまる ［閉まる］ しる ［知る］ すむ ［住む］ すむ ［済む］ すわる ［座る］ （電灯が）つく （駅に）つく ［着く］ つもる ［積もる］ ならぶ ［並ぶ］ （ズボンを）はく はる ［張る］ ふとる ［太る］ もつ ［持つ］	（スイッチを）いれる 　　　　　　［入れる］ おぼえる ［覚える］ かける ［掛ける］ （眼鏡を）かける［掛ける］ （かぎを）かける きえる ［消える］ （ネクタイを）しめる 　　　　　　［締める］ でかける ［出掛ける］ （大学を）でる ［出る］ とめる ［止める］ ならべる ［並べる］ やせる	（時計を）する （車に）ちゅういする 　　　　［注意する］

課	動詞 I	動詞 2	動詞 3
13	かわく［渇く］ こむ［込む］ （おなかを）こわす［壊す］ （おなかが）すく （山に）のぼる［登る］ （振り仮名を）ふる［振る］ まにあう［間に合う］	つかれる［疲れる］ （例文が）でる［出る］	（これに）する さんかする ［参加する］
14	うる［売る］ がんばる［頑張る］ （切符を）とる［取る］ はこぶ［運ぶ］	あつめる［集める］ かんがえる［考える］ きめる［決める］ しらべる［調べる］ できる	じゅけんする ［受験する］ そうだんする ［相談する］ たいいんする ［退院する］
15	（コンテストが）ある おくる［贈る］ かう［飼う］ （傘を）さす さそう［誘う］ だまる［黙る］ とまる［泊まる］ （皮を）むく よる［寄る］ わたす［渡す］	（コンテストに）でる ［出る］ にる［似る］ わかれる［別れる］	ゆうしょうする ［優勝する］
16	（お金が）いる［要る］ かえす［返す］ （先生に）ことわる［断る］ （いすを）こわす［壊す］ （熱が）さがる［下がる］ たのむ［頼む］ （うそを）つく ひやす［冷やす］ （仕事を）やる	とめる［泊める］	よやくする ［予約する］

動　詞
リスト
13-16 課

課	動詞 1	動詞 2	動詞 3
17	(田中と)いう(人) (電車が)すく ちがう [違う] ちる [散る] (風が)ふく [吹く]	ためる (東京に)でる [出る] (ボタンが)とれる 　　　　[取れる] やめる	
18	おす [押す] おもいだす [思い出す] かわいがる だく [抱く] たす [足す] つれていく [連れていく] (猫が)とぶ [飛んでくる] (点を)とる [取る] (年を)とる [取る] ねむる [眠る] (数を)ひく [引く] (えさを)やる よろこぶ [喜ぶ]	(テストが)できる (雪が)とける [解ける]	(長い髪を)する つれてくる 　　　[連れてくる]
19	いそぐ [急ぐ] かわる [変わる] ことわる [断る] (かばんから)だす [出す] てつだう [手伝う] (免許を)とる [取る] なおる [治る] (辞書を)ひく [引く]	(準備が)できる はじめる [始める]	しょうかいする [紹介する] (部屋を暖かく)する
20	(席が)あく [空く] おくる [送る] かす [貸す] すべる [滑る] なおす [直す] なく [鳴く] なくす	(手を)あげる [挙げる] しらせる [知らせる] みせる [見せる]	ごちそうする しょうたいする [招待する] (親切に)する

課	動詞 I	動詞 2	動詞 3
	なくなる ［亡くなる］ ゆずる ［譲る］ (名前を)よぶ ［呼ぶ］		
21	うけとる ［受け取る］ うつす ［移す］ (人を)おこす ［起こす］ おこなう ［行う］ おこる ［怒る］ かむ さがす ［捜す］ しかる しめきる ［締め切る］ たたく (人の物を)とる ［取る］ なくなる ならす ［鳴らす］ ぬすむ ［盗む］ (パーティーを)ひらく ［開く］ ふむ ［踏む］ やぶる ［破る］ よごす ［汚す］ (部屋に)よぶ ［呼ぶ］	たすける ［助ける］ たてる ［建てる］ ほめる (会社を)やめる ［辞める］	きょかする ［許可する］ きんしする ［禁止する］ しっぱいする ［失敗する］ しつもんする ［質問する］ していする ［指定する］ (先生が子供に) ちゅういする ［注意する］ はっこうする ［発行する］ はっぴょうする ［発表する］ びっくりする ほうそうする ［放送する］
22	おどろく ［驚く］ かなしむ ［悲しむ］ やくす ［訳す］	かえる ［替える］ しんじる ［信じる］ たしかめる ［確かめる］	あんしんする ［安心する］ ごうかくする ［合格する］ しんぱいする ［心配する］ (病気を)する せつめいする ［説明する］

形容詞リスト
けいようし

課	形容詞1	課	形容詞1	課	形容詞2
2	あたらしい ［新しい］ ふるい ［古い］ あつい ［厚い］ うすい ［薄い］ おいしい まずい おおきい ［大きい］ ちいさい ［小さい］ おもい ［重い］ かるい ［軽い］ おもしろい ［面白い］ つまらない たかい ［高い］ ひくい ［低い］ たかい ［高い］ やすい ［安い］ ながい ［長い］ みじかい ［短い］ ひろい ［広い］ せまい ［狭い］ ふとい ［太い］ ほそい ［細い］ むずかしい ［難しい］ やさしい ［易しい］		あつい ［暑い］ さむい ［寒い］ あかるい ［明るい］ たのしい ［楽しい］ いそがしい ［忙しい］	2	きれい しずか ［静か］ にぎやか
		7	めずらしい ［珍しい］	3	じょうぶ ［丈夫］ いろいろ
		8	とおい ［遠い］	4	しんせつ ［親切］ べんり ［便利］ すき ［好き］ きらい ［嫌い］
		9	いたい ［痛い］ おおい ［多い］ わるい ［悪い］		
		10	はやい ［速い］ おそい ［遅い］ きたない ［汚い］ ねむい ［眠い］ よわい ［弱い］ わかい ［若い］	6	ひま ［暇］ げんき ［元気］ かんたん ［簡単］ ざんねん ［残念］
				9	しんせん ［新鮮］ じょうず ［上手］ へた ［下手］
		11	つよい ［強い］ ない	10	ていねい ［丁寧］ だいじょうぶ ［大丈夫］
		13	ほしい ［欲しい］ すくない ［少ない］ つめたい ［冷たい］	13	ふべん ［不便］
3	いい かわいい まるい ［丸い］ あかい ［赤い］ くろい ［黒い］ しろい ［白い］	14	ただしい ［正しい］ あぶない ［危ない］	14	しんぱい ［心配］ たいせつ ［大切］ たいへん ［大変］
		15	はずかしい 　［恥ずかしい］ かなしい ［悲しい］ さびしい ［寂しい］ うまい	15	いや ［嫌］ だめ ひつよう ［必要］
				17	ゆうめい ［有名］
		17	こわい ［怖い］	18	けんこう ［健康］
4	あおい ［青い］ あまい ［甘い］ からい ［辛い］ かたい ［固い］	18	うるさい やわらかい ［軟らかい］ やさしい ［優しい］ にがい ［苦い］ ほそながい ［細長い］ あつい ［熱い］ うれしい くらい ［暗い］	19	にがて ［苦手］
				20	めいわく ［迷惑］ あんしん ［安心］
5	ちかい ［近い］ はやい ［早い］			21	むだ ［無駄］
6	あたたかい ［暖かい］ すずしい ［涼しい］	19	ひどい		

かたかなのことば

課				
1	アメリカ	イギリス	インドネシア	マレーシア
	ノート	消しゴム	ボールペン	オートバイ
	テープ	ラジオ		
2	フィリピン	ロビー	トイレ	ズボン
3	パンダ	シャツ	テレビ	バナナ
	テーブル	ベッド	ドア	ライオン
4	ハンカチ	ステレオ	エビフライ	ハンバーグ
	カレー	コーラ	ビール	ジュース
	コップ	スーパー	レストラン	グラム
	アパート	コーヒー		
5	サンドイッチ	パン	ケーキ	シャワー
	ショパン	シューベルト	クラシック	ラジカセ
	パーティー	ホール	スカート	バス
	デパート	シーディー(CD)		
6	NHKホール	ニュース	ピアノ	コンサート
	サッカー	バドミントン	テニス	ピンポン
	スポーツ	ルール	タイ	東京ドーム
	ティー(T)シャツ			
7	ネクタイ	プレゼント	プール	チケット
	タクシー	チャイム	中野サンプラザ	フランス
8	チューリップ	ブラウス	セーター	ワイン
	レッスン	アルバイト	スプーン	ナイフ
	フォーク			
9	メロン	パイナップル	レモン	キス
	ギター	テレビゲーム	ゴルフ	バレーボール
	バスケットボール	クラス	センチ	ドイツ
10	レントゲン	カメラ	ドラマ	
11	アイスクリーム	ウイスキー	コインランドリー	
	ウオークマン	ガソリンスタンド		
12	ハンガー	ワンピース	スーツ	ベルト
	コート	レインコート	ハンドバッグ	ネックレス
	カレンダー	アルバム	ストーブ	電気スタンド
	スイッチ			

課			
13	ハワイ スキー オレンジジュース	エアコン パソコン	ラケット イスラム教徒	エレベーター
14	イタリア ダンス	スペイン バイオリン	フランス スケート	ホームステイ ボート
15	スピーチ ビル	コンテスト ミルク	メモ オーストラリア	オリンピック
16	パスポート アンケート	ビザ	ホテル	ブラジル
17	メニュー 電子レンジ カーネーション	ラーメン ボタン	カレーライス エベレスト	チャーハン ピンク
18	グローブ スープ ディズニーランド	リモコン マイナス	ピラミッド サンタクロース	プロ野球 テスト
19	ハイキング トランプ サービス	ファッション ビデオ	カウンター スパゲティー	チョコレート
20	東京タワー			
21	サイレン	コンピューター		

索引
さく いん

索引

索引

索引

索引

索引

索引

索引

索引

［つ］

索引

［ち］

索引

索引

索引

索引

索引

索引

索引

索引

索引

索引

— 149 —

同　意　書

大 新 書 局 殿

　日本学生支援機構東京日本語教育センター著作「進学する人のための日本語初級」の本冊文 、「同語彙リスト」、「同練習帳（1）」、「同練習帳（2）」、「同宿題帳」、「同漢字リスト」及び「同カセット教材」、「同ＣＤ教材」を、台湾において発行することを承認します。
　尚、本「同意書」は台湾で出版する「進学日本語初級Ⅰ」、「進学日本語初級Ⅱ」の本冊文、及び「宿題帳・漢字リスト」合冊本に奥付する。

2004年4月1日

　　　　　　独立行政法人　日本学生支援機構

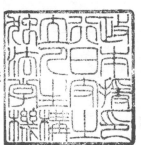

本書原名
「進学する人のための日本語初級改訂版（第13課〜第22課）：語彙リスト改訂版（第13課〜第22課）」

進學日本語初級 II　改訂版

2005 年（民 94）4 月 1 日　第 1 版　第 1 刷　發行
2012 年（民 101）10 月 1 日　改訂版　第 6 刷　發行

　　　　　　　　　　　　　　定價 新台幣：320 元整

著　　者　日本学生支援機構　東京日本語教育センター
授　　權　独立行政法人　日本学生支援機構
發 行 人　林　　寶
發 行 所　大新書局
地　　址　台北市大安區 (106) 瑞安街 256 巷 16 號
電　　話　(02)2707-3232・2707-3838・2755-2468
傳　　真　(02)2701-1633・郵 政 劃 撥：00173901
登 記 證　行政院新聞局局版台業字第 0869 號